## 의미 있는 삶을 살아야 한다
# 살리는 남자

• • •

이 책은 한 남자가 죽고 싶은 사람들을 만나 살린 이야기다.
우리나라는 왜 많은 사람이 자살할까?
코로나 시대에 바이러스 위협에 대비하고 있지만,
하루 38명이 극단적 선택을 하고 1년에 13,799명이
스스로 목숨을 끊는 대한민국의 현실!
인구절벽 시대에 사람이 너무 중요함을 절실히 느낀 이 남자,
늘 살리고 싶어 애쓰는 이 남자, 그 남자의 목소리만 들으면
죽으려는 사람도 살고 싶어 한다고?
그 남자를 만나면 살 수 있다고 한다.
살리는 남자의 이야기를 통해 우리도 잘 살아야 한다.
이왕 사는 거 의미 있게 잘 살아야 한다.
아름다운 마무리로 잘 죽어야 한다.

위미 있는 삶을 살아야 한다
# 살리는 남자

| | |
|---|---|
| 초판 1쇄 발행 | 2021년 04월 30일 |
| 초판 2쇄 발행 | 2021년 05월 12일 |

| | |
|---|---|
| 지은이 | 정택수 |
| 발행인 | 조현수 |
| 펴낸곳 | 도서출판 프로방스 |
| 기획 | 조용재 |
| 마케팅 | 최관호 백소영 |
| 편집 | 권 표 |
| 디자인 | 토 닥 |

| | |
|---|---|
| ADD | 경기도 고양시 일산동구 백석2동 1301-2 |
| | 넥스빌오피스텔 704호 |
| 전화 | 031-925-5366~7 |
| 팩스 | 031-925-5368 |
| 이메일 | provence70@naver.com |
| 등록번호 | 제2016-000126호 |
| 등록 | 2016년 06월 23일 |
| ISBN | 979-11-6480-129-9 03810 |

정가 15,000원

파본은 구입처나 본사에서 교환해드립니다.

의미있는 삶을 ———————

살아야 한다

# 살리는
# 남자

**정택수** 지음

P. 프로방스

"이왕 태어났으니 스스로 죽지 말자, 잘 살자, 그리고 의미 있게 살자. 그리고 잘 죽자, 아름답게 마무리하자."

요즘 코로나 19로 너무 힘들다고 하는데, 독자 여러분들은 "괜찮나요?(Are you OK?)"

나에게도 정말 죽고 싶을 정도로 힘든 과거가 있었습니다. 요즘 말하는 누구 찬스 없고, 금수저도 아니고, 흙수저로 시골 농촌에서 태어났습니다. 순진하고 착한 나는 엄마 말을 잘 들었습니다. 어린 시절 엄마의 늘 "넌 출세할 거야."라는 말만 믿었습니다. 그 당시 누구나 고생을 많이 한 세대지만, 저 역시 많은 어려움을 경험했습니다. '젊어서 고생은 사서도 한다.'라는 말이 있습니다. 고생을 스스로 사서 한 것인지 모르지만, 안 할 수도 없고 어쩔 수 없이 했습니다.

시골 농촌에서 초등학교 들어가기 전부터 농사일을 닥치는 대로 해야 했습니다. 봄부터 겨울까지 사시사철 농사와 집안일을 했습니다. 논에서 모심기, 잡초 뽑기, 벼 베기, 풀베기, 땔감하기 등 반복되는 생활이었습니다. 그다음이 공부였습니다.

20살 청년이 무작정 서울로 올라갔습니다. 연고지도 없고 친척도 없는데 서울지리도 익숙하지 않았습니다. 날은 어두운데, '여기가 어딜까?' 처음 와본 서울은 시골 촌놈에게는 낯설고 휘황찬란한 밤거리였습니다. '어디에서 먹고 자야 하지?' 돈도 없는데 걱정이었습니다.

갈 곳도 없고 거리를 무작정 걷다가 벽보 게시판에 신문배달원 모집 공고를 보았습니다.

쭉 훑어보니 숙식 제공이 눈에 번쩍 띄었습니다. 구세주 같았습니다. 약도를 보고 물어물어 간 곳이 한국일보 신설동 보급소였습니다. 최고의 직장으로 알고 열심히 신문 배달하고 야간대학을 다녔습니다. 신문이 먹여주고 재워주었습니다.

공고를 졸업하고 괜찮은 직장을 다니다가 왜 무작정 서울로 왔을까? 공부하고 싶었기 때문입니다. 평범한 시골 농사꾼의 아들로 공고를 졸업 후 야간 전문대학에 다니면서 장교모집 공고를 보고 응시하여 합격, 24년 장교의 길을 걸었습니다.

군 생활 기간 중, 군에서 병사가 자살을 했습니다. 그리고 죽은 병사의 엄마를 보게 되었습니다. "우리 아들 살려내라."라고 울부짖으며 실신하는 모습을 보고, 앞으로 자살을 예방하는 전문가가 되고 싶었습니다. '살리는 남자'가 되고 싶었습니다. 사명감이 불타올랐습니다. 10년 만에 지금은 자살예방전문가로 대한민국 생명 지킴이(gate keeper) 역할을 하고 있습니다.

이 책을 쓰게 된 동기는 평범한 사람도 긍정적 자기 믿음(자기 확신)을 통해 성공을 이룰 수 있다는 것을 보여주고 싶었고, 57년의 삶을 돌아보며 '경험한 모든 것들은 절대 헛되지 않다'는 것을 증명해 보고 싶었습니다. 어린 시절 어머니가 전해 준 "넌 잘 될 거야."라는 말이 늘 잘 될 거라는 믿음을 주었고, 그리고 성공한 삶의 경험들을 들려주고 싶었습니다.

삶이 힘들어 죽고 싶다는 청소년, 청년, 성인, 노인들을 심리 상담을 하면서 그들의 마음을 공감하면서도 '생각만 바꾸면 될 텐데……'라는 아쉬움이 있었습니다.

"나도 젊었을 때 당신처럼 힘든 시절이 있었다고, 그 마음 충분히 안다고….", "누구나 살아가다 보면 힘든 시기에 자살을 생각할 때가 있다.", "자살은 순간이다, 순간 자살 행동을 하면 삶은 끝이다."라고 말해주고 싶습니다.

요즘 코로나 우울증으로 힘겨운 국민들에게 따뜻한 위로와 공감의 메시지를 전해 주고 싶습니다. "괜찮나요?", "많이 힘드시죠?" 관심을 가지고 물어보고 싶습니다. 요즘 그냥 버티시기만 하셔도 잘하시는 거라고 말해 주고 싶습니다. 힘든 분들에게 "잠시 쉬어가도 괜찮아요.", "당신은 전 세계 인구 77억 중에 단 한 명입니다."라고 말해 주고 싶습니다.

삶을 포기하고 자살하려는 사람들을 상담하면서 경험했던 진솔한 이야기, "이렇게 생각만 바꾸고 변화하면 될 텐데……." 노하우를 제시하여 우리가 모두 활용한다면 한 사람을 살릴 수 있다고 자신 있게 말 할 수 있습니다.

10년간 심리상담 전문가로 남녀노소 많은 사람을 상담하면서 "울리는 남자"라는 별명을 얻고, 치료의 눈물을 경험했던 이야기는 독자에게 많은 공감대를 형성할 것입니다. 책을 읽으면서 "그래, 나도 그래, 그 기분 알지."라고 공감할 것이며, 살아가면서 좀 더 자신을 변화시킬 수 있는 계기가 될 것입니다.

언젠가는 이런 책을 쓰고 싶었습니다. 책 쓰기 지도를 해주었던 정강민 작가님 덕분에 이 책이 세상에 나왔습니다. 이 책을 쓰면서 57년간 나의 살아온 삶을 발가벗는다는 게 쉽지는 않았습니다. 심리 상담했던 내담자들 신상이 공개되지 않도록 가명을 쓰거나, 일부 내용을 축소하여 기록하다 보니 아쉬운 점이 남습니다. 이 책을 쓰면서 지금까지 살아온 삶이 정리되는듯하며, 속에 담아 두었던 사연을 실타래처럼 풀어내니 한결 마음이 가볍고 치유되는 기분이었습니다.

이 책은 누구나 읽어도 좋으며, 특히 힘겨움을 겪고 있는 청소년, 청년, 삶을 포기하고 싶은 사람들과 심리상담 전문가들도 읽으면 유익하다고 봅니다. "우리 집안은 왜 이런 거야!", "나는 흙수저야.", "나는 되는 게 없어, 모든 걸 포기하고 싶어." 이런 생각이 드는 분들은 아무 페이지나 펼쳐서 몇 구절만 읽어도 좋습니다.

살아 있는 한 희망은 필히 있기 마련이다.(有生命 必有希望)

숨을 쉬는 한, 나는 희망한다.
둠 스피로 스페로 : Dum spiro, spero

아직 숨이 붙어 있는가? 그렇다면 희망은 있다.

이왕 태어난 거 우리는 잘 살아야 합니다. 의미 있는 삶을 살아야 합니다. 그리고 잘 죽어야 합니다. 스스로 목숨을 끊는 자살은 살인행위입니다. 삶의 마무리가 아름다워야 합니다.

이 글을 읽고 있는 모든 이들의 삶이 아름답기를 희망합니다.

2021년 봄

저자 정 택 수

## 생명을 살리는 생생한 이야기

• • •

10년 전 (사)생명나눔실천본부의 세미나 강사로 초빙을 받은 적이 있다. 그때 저자를 처음 만났다. 웃는 표정이 순수하고 친근해 보였지만 의지는 강해 보였다. 그 후 몇 차례 자살 예방 관련 강의 자리나 행사에서 본 적이 있다.

그때마다 그는 생명을 살리는 한 길을 가고 있었다. 지금은 상담과 자살 예방 전문가로, 단체의 대표로, 대학교수로 활동하게 되었다. 이것은 그가 시대의 필요에 부응하고 주어진 일에 의미를 부여하며 최선의 노력을 다한 결과이다.

나는 「살리는 남자 - 의미 있는 삶을 살아야 한다」라는 책을 읽고 저자를 좀 더 깊이 알게 되었다. 그가 일찍이 고된 삶과 아픔을 경험해 보았기에 그를 만나는 분들이 공감과 치유를 경험하는 것이 아닌가 생각해 보았다. 자살 충동을 호소하는 분들이 그를 만난 후 마음을 돌이키게 된 것이 단순한 기술 때문은 아닌 것 같다. 내담자들을 이해하고 도우려는 그의 진정성이 전달되었기 때문이 아닌가 라는 생각이 들었다.

저자의 책을 읽으며 빅터 프랭클 박사의 의미요법이 떠올랐다. 프랭클 박사는 인간의 가장 기본적인 동기가 쾌락이나 권력에 있지 않고 '의미'에 있다고 했다. 사람은 의미를 찾지 못할 때 실존적 공허감을 느끼고 좌절하게 된다. 그렇다. 그의 말처럼 생명을 갖고 세상에 태어났으니 우리는 살아야 한다. 의미 있게 살다가 존엄한 모습으로 죽어야 한다. 자살이란 비극적인 죽음은 의미를 찾지 못한 결과이다. 니체가 살아야 할 이유가 있는 사람들은 어떻게 해서든 살 수 있다고 했듯 우리는 삶의 의미를 찾아야 한다.

우리나라는 지난 15년간 OECD 국가 중 자살률 1위의 불명예를 이어가고 있다. 이제 이 가파른 절벽에서 내려와야 한다. 그러기 위해서 우리 모두 손을 잡고 생명 사랑을 실천해 나가야 한다. 생명을 살리는 일이야말로 세상에서 가장 의미 있고 가치 있는 일이다. 이

것은 해도 되고 안 해도 되는 것이 아니다. 우리 공동체의 생존을 위해 필수적인 일이다. 이 책을 읽는 독자들은 저자의 생명을 살리는 생생한 이야기를 듣게 될 것이다. 그의 살리는 이야기가 독자들의 마음에 이어지고 큰 물줄기가 되어 흐르기를 기대해 본다.

한국 생명의 전화 원장 하상훈

## 포도나무에 열린 생명

• • •

과학 문명이 발달하고 풍족한 삶을 누리고 있는 현대사회에서 '생명 경시 풍조'라는 단어가 낯설지 않은 단어가 되었다. 사실이 아니길 바랄 뿐이지만, 본인의 생명뿐 아니라 타인의 생명까지도 경시하는 뉴스를 접할 때면 참으로 마음이 아프다.

심리적 미완성 상태인 청소년들에게 '베르테르 효과(Werther effect)'가 미치는 영향은 일순간의 충동을 실험으로 여기는 생명 경시와 연결고리가 형성된다. 문제는 자살 연령이 차츰 낮아지고 있다는 것이다. 자살의 모방을 방지할 수 있는 '파파게노 효과(Papageno effect)'가 대안일 수도 있겠지만, 심리상담 분야와 자살예방활동 전문가로 불철주야 '하나뿐인 소중한 생명, 하나뿐인 소중한 나'라는 강의 타이틀로 전국을 누비고 있는 정택수 교수님은 10년이 넘도록 꾸준히 생명을 살리는 일에 헌신하고 있다.

미국의 정신과에서 시행하고 있는 '시'치료(詩治療)는 우리나라에서도 시행한 바가 있다. 정신과 치료에 약물 대신, 부작용이 전혀 없는 '시'를 활용하여 환자를 치료하고 있다. 한 편의 시처럼, 포도나무처럼 행동으로 보여주는 「살리는 남자」 주인공의 삶이 보석처럼 책 속에서 빛나고 있다.

몸통에서 나온 가지들끼리 서로 엉키면서 자란 포도나무 품종이 있다. 이것은 강인한 결속력을 의미하는데, 열매도 알알이 오밀조밀 붙어 있음을 볼 수 있다. 가지가 생명을 유지하기 위해서는 몸통인 나무에 반드시 붙어 있어야 한다. 그리하면 많은 열매를 맺을 수 있는데, 한두 개의 열매가 아니라, 품종에 따라 한 그루에 4,500송이도 맺는다. 여기에 생명의 비밀이 숨겨져 있다. 포도나무에 붙어 있는 가지처럼 인간관계에서 서로 관계력을 유지하면 성공의 열매를 맺을 수 있다. 누구와 관계를 맺을 것인가? 어떤 책을 선택할 것인가?

생명을 살리는 생생한 체험을 「살리는 남자 - 의미 있는 삶을 살아야 한다」에서 찾기를 바라며, 여러분께 적극 추천합니다.

서울시인대학장 문학박사 최병준

# 혹시 죽고 싶은 독자 있으세요?

...

있다면 꼭 정택수 교수님과 상담 한번 하시기 바랍니다. 그리고 의사결정을 하십시오. 교수님은 고달픈 분들에게 분명 위안을 드릴 겁니다. 또 삶을 새로운 관점으로 바라보게 할 겁니다. 무거운 이야기를 첫 문장으로 쓴 이유입니다. 교수님은 생명존중과 자살예방 분야에서 독보적이며 최고의 권위자입니다.

"교수님은 세상에서 가장 위대한 일을 하고 계십니다. 세세생생(世世生生) 엄청난 복을 받을 겁니다." 처음 인연되어 블로그 댓글로 제가 남긴 메시지였습니다. 교수님은 세상에서 '가장 슬픈 생각을 하는 사람들을' 살리는 분입니다.

교수님의 어릴 적 삶도 힘들었습니다. 하지만 "택수야 너는 꼭 성공한다."는 어머님의 말씀을 가슴에 품고 긍정과 열정으로 세상을 헤치고 나갑니다. 이 책은 현재가 고단한 독자에게는 위로를 줄 것이고, 나태한 독자에게는 따뜻하지만 차가운 직설을 드릴 겁니다. 또한 자살을 심각하게 고민했던 사람들과 나누었던 다양한 상담사례가 녹아 있습니다. 슬프지만 감동적입니다. 유익합니다.

"로켓에 자리가 나면 일단 올라타라! 어떤 자리냐고 묻지 말고……."

클린턴 행정부, 구글, 페이스 북의 운영 책임자였던 셰릴 샌드버그의 말입니다. 이렇게 변화시키고 싶습니다.

"정택수 교수님과 인연의 기회가 생긴다면 따지지 말고, 무조건 인연을 맺어라!"

매일 같이 강의하고, 책을 쓰고, 자기 생명을 강제적으로 종료하려는 슬픈 분들과 상담합니다. 쉽지 않는 임무이지만 완수합니다. 틈틈이 용마산에 올라 웃음 짓는 사진을 카톡방에 올립니다. 개인적으로는 교수님을 통해 열정을 배웠고, 세상을 위로하는 방법을 배웠습니다. 교수님 삶 자체가 귀감입니다. 주변에 뭔가 주지 못해 안달합니다. 진솔하기까지 합니다.

오늘도 교수님은 사람을 살리는 소명으로 어디선가 분투하고 있을 겁니다. 독자의 한 사람으로서 생명존중에 대한 교수님의 삶을 책으로 접할 수 있어 무척 고맙습니다. 이 책을 손에 들고 있는 독자는 생명존중과 자살예방에 이바지하게 됩니다. 그만큼 교수님은 고귀한 일을 하고 계십니다. 교수님과 작은 인연의 끈이라도 닿으면 맺어야 합니다. 인연만으로도 독자들은 세상에 좋은 영향을 미칩니다. 책으로 먼저 인연 맺으시기 바랍니다.

「혼란스러움을 간직하는 방법」의 저자 정강민

**차례**

# Part 01

## 자살 예방은 나의 사명

"꺼져가는 불씨를 다시 살리고 싶어요.
나의 입김을 불어 넣어
힘들어 하는 사람들에게 도움을 드릴게요.
제 손을 잡아 주세요."

# 살리는 남자

"정택수 센터장님은 제 인생에 BTS에요."

한때 우울증으로 자살 충동을 느꼈던 박 선생님으로부터 오랜만에 카톡이 왔다. 그녀를 처음 만난 건 5년 전이었다. 당시 미혼이었는데, 지금은 결혼해서 한 남편의 아내이자 학생들에게 영어를 가르치는 선생님이다. 힘들어하던 시기 꽤 오랜 기간 상담을 진행하였다. 외국 유학생으로 디자인을 전공하였고, 영어에 능통하였다. 가정에서의 경제적 어려움, 엄마와의 갈등으로 내재 된 핵심감정은 부모에 대한 원망, 특히 엄마에 대한 분노, 우울증으로 심화 되어 자살 충동이 있었다.

상담실에서 상담하면서 화를 내고 눈물, 콧물이 범벅되어 핵심감정을 털어내는 작업을 하였다. 늘 부정적 생각, 비합리적 사고, 왜곡된 사고, 좁은 생각(인지 협착), 자동적 사고, 과거 중심적 사고로 얼굴에는 화가 나 있고, 어두웠다. 몇 회기 상담이 진행되면서, 좋지 않은 핵심감정들이 빠져나가듯 얼굴이 밝아져 갔다. 먹구름과 비바람 천둥·번개가 치듯, 핵심감정 덩어리를 쏟아내며, 빠져나가고 있었다.

만나면서 공감해주고, 잘 경청해 주었다. 마음속 핵심감정을 많이 빼내기 위해서였다. 그래도 박 선생님의 장점은 디자인 전공으로 아이디어가 좋고, 학원에서 영어로 독서 지도, 학생들 카드 만들기 등 기존 방식과 다르게 재미있고, 유익한 학습법을 개발했다는 것이다. 차별화된 학습 지도로 학생들에게 인기가 많다고 하였다. 정말 잘하고 있다고 칭찬해 주었다. 어느 정도 상담을 통해 호전되었고, 한동안 연락이 없다가 최근 카톡이 왔다.

박 선생님이 보내온 카톡 내용

선생님 안녕하세요. 코로나 때문에 심리적으로 무력해지고, 힘겹게 일상을 살다가 영어 독서 전문으로 프리랜서 활동을 하고 있어요. 약간의 심리적 여유가 생기자 선생님 생각이 났어요. 처음 뵌 후 참 오랜 세월이 지났네요.

최근에 유튜브에서 선생님 채널을 구독 중이고, 주변에 우울증 상담에 관심 있는 사람을 만나게 되면, 꼭 선생님을 알려드리고 있어요. 저도 과거 우울증으로 자살 충동이 있었는데, 선생님을 만나 살 수 있었지요. 선생님은 제 인생에 BTS지요. 늘 생명의 은인으로 고맙게 생각하고 있어요. 선생님같이 의로우신 분은 코로나 시대 때에도 어려운 사람들에게 강력한 정신적 지주일 것 같아요. 언제나 홍익사업 번창하시길 기원해요.

(중략)

전에 선생님과 상담하면서, 대인공포증으로 애들도 못 가르칠 것 같아 막막했었는데, 선생님 덕분에 아이들에게, 영어 공부를 효율적으로 지도하는 내공이 생겨 자부심이 드네요.

(중략)

선생님께서 제게 해주신 역할과 사회적 영향을 다시 한번 생각하게 되었어요. 사람이 타인의 인생에 영향을 주는 일이 얼마나 위대한 것인지 말이에요.

나중에 코로나가 잠잠해지면 뵙고 싶어요. 진심으로 고맙습니다.

참 선생님 BTS가 무엇인지 궁금하셨지요?
제 인생은 BTS 기점으로 나누어져요. B는 before TS는 teak su
(TS는 택수, 정택수 필자의 이름이었다)

정말 박 선생님이 보내준 편지는 감동적이었다. 자살까지 생각하고 인생을 끝내려 했던 박 선생님 연락이 와서 좋은 소식을 전해주니 기쁘고 고마웠다. 지난 과거의 어려웠던 사연들이 주마등처럼 스쳐 지나갔다.

"정택수 선생님은 저의 사회적 아버지예요. 정신적으로 힘들 때 아버지처럼 따뜻하게 위로하고 용기를 주신 분이에요. 살아가면서 늘 고마움 잊지 않고 있어요. 진심으로 고맙습니다."

그리고 카톡으로 몇 장의 사진을 보내왔는데 미소를 지으며 편안한 얼굴이었다. 절로 웃음이 나오고 기분이 좋았다. 그녀의 연락으로 보람을 느끼는 시간이었다. 한때 자살하려 했던 사람들이 종종 이런 연락이 올 때 보람을 느낀다. '살리는 남자'로서 스스로 자랑스럽다.

살린다는 것은 꺼져가는 불씨를 살리는 격으로 사람이 죽고 싶을 정도로 힘들 때, 다시 살리는 것이다. 한 생명을 살리는 것이다. 자살 위기 상담은 말 그대로 죽을 수도 있는 매우 급한 상담이다. 골든타임을 놓치거나 상담을 제대로 잘 못 했을 때 죽음으로 갈 수 있기에 늘 긴장하고 상담을 하고 있다.

5년 전에 60대 여성과 상담했던 내용을 소개하고자 한다.

"정택수 센터장님이신가요?"

"네, 그런데요?"

"목소리만 들어도 너무 편안하고 좋네요."라며 울기 시작하였다.


그동안 우울증으로 정신의학과 병원을 찾았지만, 오래 상담을 해주지도 않고, 약 복용은 별로 도움이 안 되었다고 하였다. 사연을 말하면서 펑펑 눈물을 흘렸다.

인터넷을 통해 상담 전문가를 많이 찾아보았다고 했다. 그런데 정택수 센터장님의 상담 글을 읽어보면서 '이분이라면 도와줄 수 있을 것 같다.'라고 생각하여 한국자살예방센터 홈페이지에서 연락처를 찾아, 이렇게 통화하게 되어 기쁘다고 하였다.

"목소리에서 참 포근함이 느껴지네요."라고 하였다. 이 여성과 1시간 동안 전화 상담을 하였는데, 62세 여성으로 경기도 ○○지역에 거주하며, 남편은 10년 전 갑작스러운 교통사고로 세상을 떠났다고 했다. 슬하에 딸이 2명 있다고 했다.

그동안 울고 싶어도 울지 못하였다고 했다. 가까운 사람이 떠났을 때 오는 충격은 실로 너무 크다. 「차마 울지 못한 당신을 위하여」의 저자 안 안셀렝 슈창베르제, 에블린 비손 죄프루아는 "사랑하는 대상을 잃어버리면 그 여파로 우리는 자신의 일부도 함께 잃어버리게 된다. 사랑하는 사람이 죽거나 떠나기 전 혹은 신체 일부를 절단 당하기 전의 자신의 모습을 잃어버리게 되는 것이다. 누구든지 정신적인 안정과 건강을 유지하려면 반드시 애도 작업을 해야한다.'라고 하였다.

이 여성은 그동안 울지 못하고 눈물을 억압하였다. 울지 못하는 우울증이다. 이번 전화 상담을 통해 많이 울었던 것 자체가 치료적 효과가 컸다. 늘 자살을 생각하고 있고, 자신의 삶을 정리하고, 자살을 준비했다고 하였다. 외로웠기에 반려견을 키우고 있었다. 충분히 이 여성의 마음을 이해하고 공감, 경청해 주었다. 얼마 후 2회기 상담을 하였다. 필자의 유튜브를 보았는데 자살징후가 자신이 경험한 내용과 같다고 하였다.

'이렇게 자살하는구나'라는 생각이 들어서 무서웠다고 말했다. 필자는 진심으로 공감해주었다.

상담 중에도 말을 많이 하면서 눈물을 많이 흘렸다. 토닥토닥 위로해 주고, 지지해 주었다. 추후 상담을 통해 도움을 주기로 하였다.

"정말 마음이 뻥 뚫리는 것 같고 이젠 숨통이 트이는 것 같아요. 그동안 숨을 쉬지 못할 정도였어요. 이젠 깊은 호흡을 할 수 있네요."

필자는 그동안 얕은 호흡(흉 호흡)만 하였으니 틈틈이 복식호흡을 하라고 당부했다.

"정말 살려주셔서 고맙습니다."라며 환한 웃음을 보였다.

자신이 우울증도 있고 마음이 아파보니 상담자가 어떤 분인지 잘 알 것 같다고 하였다. 내담자는 상담자를 평가한다. 필자도 상담교사 연수를 장시간 할 때 강조하는 말이다. 이분을 통해 정말 상담자의 사명감, 진정성 있는 상담의 중요성을 인식하게 되었다. 정말 상담하기 전(Before)의 우울, 분노가 있는 표정에서 상담 후(After) 밝고 편안한 표정을 볼 때 기분이 좋다. '살리는 남자'로 보람을 느낀다.

그동안 많은 사람을 살렸던 경험이 있지만, 그중에서도 필자의 아내가 잊지 못하는 사례가 있다.

파출소 연락을 받고 현장에 갔는데, 아파트에서 투신 직전 여성을 상담하였다. 남편의 외도로 화가 나 있었고, 남자 상담자는 무조건 거부하였다. 할 수 없이 아내에게 상담하라고 부탁하였다. 아내는 전문가는 아니지만, 그래도 어느 정도 들어주고 공감하는 능력은 있었다. 그 여성은 안정을 찾고 남편에 대한 불만을 울면서 털어놓기 시작하였다. 아내는 손을 잡아주면서 공감해 주었다. 아내가 어느 정도 상담을 하고 나서, 내가 개입하여 상담을 진행하였다. 남편의 외도문제로 자살해서는 문제가 해결될 수 없고, 오히려 힘을 내고 잘 살아야 함을 강조하였다. 다짐을 하듯이 "잘 살아야겠어요."라고 말했다.

건물 옥상에 올라갔던 여학생을 내려오게 했던 사례로 있었다. 친구들 왕따 문제로 옥상에 올라가 전화 상담을 하였다. 침착하게 현재 상황을 물어보고, 친구들 때문에 본인이 죽는다면 어떨까요? 라고 필자가 묻자, 여학생은 이 질문이 와 닿았다고 하였다. 내려와서 상담을 1시간여 진행하면서 집으로 돌아갔다.

또한 3월인가 제법 추운 날씨에 맨발로 옥상에 올라갔던 한 여성 사례도 있었다. 이 여성에게는 우선 "춥지요? 가까운 사우나탕이나 모텔로 가서서 몸을 녹여야 할 것 같아요."라고 말했다.

그리고 "현재 돈이 있나요? 제가 약간의 돈을 입금해 드릴까요?" 라고 물었다.

나중에 집으로 전화가 걸려왔다.

"춥냐고 물어보고 약간의 돈을 주신다고 하는 그 말이 감동이었습니다. 그래서 내려오고 살려고 했습니다."

사람의 마음을 얻는 방법은 의외로 간단할 수 있다. 현재 그 사람을 도와줄 수 있는 게 무엇인지? 진정성 있게 도우려는 마음이 상대방에게 전해지면 되는 것 같다. 많은 사람을 살렸던 경험이 많다 보니, 주변에서는 필자를 '살리는 남자'라고 하며 고마워하였다.

살린다는 것은 죽어가는 상태를 움직이게 하여 살게 하는 것이다. 어린 시절 팽이치기를 해보면 누가 더 오래 돌아가는지가 관건이다. 팽이가 서서히 돌다가 멈춰지려면 팽이채로 치면서 다시 살려야 한다. 살리는 것도 기술이다. 너무 강하게 쳐도 안 되고 너무 천천히 쳐도 안 된다. 오랜 팽이치기를 하다 보면 요령이 생긴다.

　사람의 생명을 살리는 일도 쉽지 않다. 늘 많은 연구와 경험을 통해 살리는 기술(skill)이 필요하다. 아직 만족하지 않지만 앞으로 더욱 연구하고 노력하려고 한다.

# 자살 예방은 나의 사명

**'생명이 자본이다.', '정보화 다음은 생명화 시대'**

햇볕 내리쬐는 가을날, 노인은 집 뜨락에 날아든 참새를 보았다. 어릴 적
동네 개구쟁이들과 쇠꼬챙이로 꿰어 구워 먹던 참새였다. 이 작은 생명을,
한 폭의 '날아다니는 수묵화'와도 같은 저 어여쁜 새를 뜨거운 불에 구워
먹었다니⋯. 종종걸음치는 새를 눈길로 쫓던 노인은 종이에 연필로 참새를
그렸다. 그리고 썼다. '시든 잔디밭, 날아든 참새를 보고, 눈물 한 방울.'

이어령은 10년을 앞서 '생명이 자본이다', '정보화 다음은 생명화 시대'라고
선언했다.

"나는 눈물 없는 자유와 평등이 인류의 문명을 초토화시켰다고 봐요. 우리

는 자유를 외치지만 코로나 19는 인간이 한낱 짐승에 불과 하다는 걸 보여 줬지요. 코로나 바이러스가 우릴 보고 비웃어요. '너희들이 짐승이야. 까불지 마. 나만도 못해. 난 반 생명 반물질인데도 너희들이 나한테 지잖아? 인간의 위대한 문명이 한낱 미물에 의해 티끌처럼 사라지잖아? 하고 말이죠." 이어령은 오늘의 재앙을 끝내는 길은, 오직 인간만이 흘릴 수 있는 눈물 한 방울이라고 했다.

출처: 조선일보 1. 2일 자

전 세계가 코로나로 위기를 느끼는 요즘 이어령 선생님의 메시지가 확 와 닿는다.

어린 시절 눈이 오면 늘 참새를 잡아 구워 먹었는데 나도 죄인이 된 느낌을 받았다. 살아있는 예쁜 참새를 잡아먹었으니…. 코로나는 인간이 저지른 재앙으로 생각된다. 요즘은 생명의 소중함이 더 절실히 와 닿는 시기라 누구나 공감이 될 것이다.

10여 년 전 필자는 생명이라는 단어를 나의 사명으로 받아들였다. 군 장교로 24년을 마치고 사회로 나올 즈음, '사회에 나가서 무얼 하지?'한때 진로에 대해 걱정하였다. 장병을 관리하는 부대장으로 근무하고 있었는데, 매일 육군 전체 사건·사고를 받아보게 되었다. 20~22세 병사 혹은 젊은 간부가 안타깝게 자살했다는 소식을 들으면, 마음이 너무 아프고 충격을 받는다.

군 생활을 하면서 자살로 자식을 잃은 부모님의 마음을 잘 알기에 너무나 안타까웠다. 언제인가 부대 정문에서 한 어머니가 자식을 잃었다고 통곡을 하며 실신하는 장면을 목격했다.

"내 자식 살려내라", "○○야, 엄마 왔어. 어디 있니?"

아스팔트에 쓰러지시며 외치던 모습이 지금도 생생하다. 이런 장면을 보고 애써 눈물을 참았지만, 가슴이 찢어지게 아팠다.

'정말 자살만큼은 안 된다.', '자살 예방은 나의 사명이다.' 누가 뭐라 해도 이 일을 해야겠다고 다짐했다. 그래서 매일 자살사고에 대하여 분석하였다. 그 당시 육군 전체에 자살로 사망하는 장병이 1년에 70명 정도였다. 70건의 자살사고에 대해 원인이 무엇인지? 왜 자살을 막지 못했는지? 그리고 대책을 꼼꼼하게 분석하기 시작했다. 자살한 사람들은 주로 어떤 계급이 많은지? 공통적인 원인이 무엇인지? 부대 차원에서 미흡한 것은 무엇인지를 연구하여 군 연구지에 기고했다. 주로 군 생활 부적응으로 인한 우울증이 원인이었고 적응이 어려운 이등병, 일병, 초급 간부가 많았다.

전역을 앞두고 대부분 간부는 군 관련 분야에 제2의 직업을 준비한다. 필자는 특이하게 심리상담 대학원에 등록하고 공부하기 시작하였다. 자살하는 사람들의 심리가 궁금하여 전문적으로 공부하고 싶었다. 우울증, 조현병 등 신경증과 정신병의 경우 자살과 연관성이 많은데, 잘 몰라 대학원 공부 외에 각종 세미나, 학회 사례발표회, 연수회 등 시간 날 때마다 밤낮 가리지 않고 참석하였다. 자살 예방을 위한 전문성을 갖추기 위해서였다. 학회에서 전문가로 인정해 주는 전문상담사 자격증도 1년 정도 어렵게 수련하고 준비해서 취득하였다.

"남자가 무슨 상담사를 하려고?"

후회한다고 주위에서 다들 말렸다.

"상담 업종은 대부분 여성이고, 남자가 무슨 상담을 하려고 하느냐?"며 걱정하는 소리를 들었다. 당시 군 선배, 장군님 등 대다수 반대하였고, 아내마저도 내 편이 아니었다. 군 출신 경력을 인정받고 연금도 보장받고 월급도 많이 받는 예비군 지휘관 공부를 하라고 권유하였다. 상담사로 일하다가 다시 돌아올 거라며 후회하지 말라고 하였다. 그러나 나의 고집을 꺾지 못했다. 하나뿐인 소중한 생명을 죽이는 자살은 정말 안 된다. 나 한 명이라도 자살을 예방해야 한다고 다짐하였다.

요즘에는 10년 전 다들 반대했던 사람들이 내 편이 되었다. 누가 뭐라고 해도 사람 살리는 자살 예방 활동에 보람을 느끼고, 내가 하는 일이 가치 있고 의미 있는 일이라 생각된다.

4차 산업혁명 시대에 인공지능(AI)이 많은 분야에 활용되고 있지만, 이어령 선생님의 말씀처럼 "사람이 자본이다", "정보화 다음은 생명화 시대"라는 말에 깊은 공감을 한다. 한 사람 한 사람이 소중하고 중요하는 생각이 든다.

"하나뿐인 소중한 생명, 하나뿐인 소중한 나" 나의 강의 제목이며, 늘 강조하는 내용이다.

# 나는 불쏘시개가
# 되어주고 싶다

요즘 코로나로 인해 힘겨운 사람들이 더 많아지고 있다는 것을 현장에서 피부로 느낀다.

코로나도 위기지만 자살은 더욱 심각하다. 하루에 38명이 자살, 1년에 13,799명이 극단적 선택으로 생을 마감하고 있다. 이것이 대한민국 현실이다.

사람 살리는 자살 예방 한 길을 걸어온 지 올해로 11년째다. 삶의 현장에서 상담하면서 늘 안타까운 사람들을 접하게 된다. 한국자살예방센터(www.자살예방.com)를 운영하면서 전화 상담, 사이버 상담, 면접상담을 무료로 하고 있다.

얼마 전 한 젊은 남자의 전화를 받았다. 삶이 힘들어 상담을 원

한다고 하였다.

집 근처 용마산역에서 그 남자를 만났다. 그 사람은 우선 외적인 모습만 보아도 어느 정도인지 간파되었다. 허름한 옷차림에 머리도 더부룩하고 그냥 봐도 초라해 보였다.

보통 만나면 먼저 질문하는 내용이 "식사는 하셨어요?"이다.

그런데 그는 "몇 끼 못 먹었습니다."라고 대답했다. 역시 외적인 모습에서 힘겨움이 느껴지는 답변이다.

그 젊은이를 전철역 내에 있는 빵집으로 안내하였다. 우선 요기를 하도록 빵과 우유를 주문했다. 빵이 나오자마자 허겁지겁 먹기 시작하였다. 쳐다보고 있으니, "같이 드셔요."라고 말하는 젊은이의 눈빛이 선했다. "전 괜찮아요. 천천히 드세요." 젊은이가 어느 정도 먹고 난 후 대화를 나누었다. 일용직 일을 하다가 그마저도 하지 못하는 신세가 되다 보니, 돈이 바닥이 났다고 했다. 삶을 마감하려고 자살시도를 하였는데, 죽기도 쉽지 않다고 했다.

그러면서도 어떻게든 살고 싶은 마음도 있다고 했다.

"얼마나 삶이 힘들면 자살시도까지 했을까요?"라며 충분히 공감을 해주고 "그래도 살 운명이에요. 이렇게 저에게 도움을 요청한 것은 살기 위함입니다. 정말 잘하셨어요."라고 말해주었다. 현재 돈이 하나도 없고, 식사도 못한 상태임을 알 수 있었다. 그래도 조금이라도 돈을 주고 싶었다. 필자의 지갑을 보니 6만원이 들어있었다. 그리 큰 액수는 아니지만 그에게 주며 우선 밥을 먹고 필요한 물건을 사라고 했다. 젊은이는 연신 고개를 숙이며 "고맙습니다. 감사합니다."며 감사인사를 연발했다.

그리 큰돈도 아닌데, 이렇게 감사하게 받는 젊은이를 보니 마음이 아팠다. 필자에게 얼마 안 되는 돈인데도, 힘겨운 사람에게는 요긴한 돈이 될 수 있겠구나. 이 젊은이는 전에 주유소에서 열심히 일하고 세차장에서도 일을 했다고 하였다. 어떤 일이라도 하고 싶어 하였다. 젊은이와 함께 용마산역 인근 지역으로 걸어가면서 대화를 나누었다.

마침 길가 옆에 고물상이 있어 무조건 들어가 보았다. 이 젊은이에게 일을 주고 적은 돈이라도 마련해 주고자 하는 마음이 들어서였다. 60대가 넘어 보이는 사람이 어떻게 오셨냐고 물어보았다.
"네, 혹시 일을 할 수 있나요?"
그러자 사실 힘이 버거워서 참한 젊은이가 있으면 구하려던 참이었다고 했다. 이 젊은이에 대해 자초지종을 설명하고 도와 달라고 부탁하였다.
"정말 좋은 일을 하시네요."
그 자리에서 바로 채용하였다. 너무나 고마웠다.

우리의 작은 힘이 힘겨운 사람에게는 작은 디딤돌이 될 수 있다. 지금까지 자살 위기 상담을 해오면서 이런 사례가 종종 있는데, 작은 도움으로 그래도 살만하다고 연락이 올 때는 너무 기쁘고 보람을 느낀다. "빌려준 돈은 꼭 갚을게요."라고 말했다.

"그래요."라고 대답했지만 바라지 않는다.

작은 부싯돌로 꺼져가려는 불씨를 살려내어 불을 활활 일어나게 할 수 있다.

시골 출신이라 불씨의 소중함을 잘 알고 있다. 사람에게 불은 너무나 소중하다. 연탄을 피우던 시절도 우리는 서로 연탄불을 이웃에게 전해 주었다. 새로 연탄을 피우기 힘들 때, 나의 불꽃 연탄을 전해 주어 상대방의 연탄을 피울 수 있게 도와주는 것이다. 연탄불처럼 서로 함께하는 따뜻한 마음이 꺼져가는 생명을 살릴 수 있다.

몇 년 전인가 서울 사이버대 김수지 총장님의 특강을 들을 적이 있다. 오래되었지만 기억에 남아있다. 강의 시작 전 티슈 한 장을 꺼내 눈앞 허공에 날렸다. 휴지 한 장은 그대로 땅에 떨어지고 있었다. 총장님이 떨어지는 휴지를 다시 불어 공중으로 날아올렸다. 휴지는 우리가 있는 방향으로 날아왔다. 떨어지려는 휴지를 다른 교육생이 입김을 불어 주었다. 다시 휴지가 날아올랐다. 누가 시키지도 않았는데, 교육생은 자기도 모르게 자신의 입김을 불어 휴지가 떨어지지 않게 공중으로 올렸다.

그러자 총장님은 "이 휴지 한 조각도 우리의 입김으로 살릴 수 있어요."꺼져가는 한 사람도 우리의 작은 입김으로 도울 수 있어요. 정말 공감이 되어 몇 년이 지나도록 지금도 그 장면이 선명하게 머릿속에 남아있다.

살리는 사람으로서 삶이 힘들어 삶을 포기하려는 사람들에게 불쏘시개가 되고, 따뜻한 입김을 불어넣어 주고 싶다. 누구나 한 사람, 한 생명은 소중하니까…….


이 이야기를 하고나니 필자가 좋아하는 시 한 편이 떠오른다. 정현종 시인의 '방문객'이다. 이 글을 읽고 있는 이들에게 들려주고 싶다.


방문객

정현종


사람이 온다는 건
실은 어마어마한 일이다.
그는
그의 과거와
현재

그리고

그의 미래와 함께 오기 때문이다.

한 사람의 일생이 오기 때문이다.

부서지기 쉬운

그래서 부서지기도 했을

마음이 오는 것이다 —그 갈피를

 아마 바람은 더듬어 볼 수 있을 마음.

내 마음이 그런 바람을 흉내 낸다면

필경 환대가 될 것이다.

# 미쳐야 전문가다

미치지 않으면 어찌 전문가라고 할 수 있을까? 미쳐야 전문가라고 많은 사람이 말한다. 전문가가 되려면 최소 10년이 걸린다. 즉 1만 시간의 법칙[1]이다. 나 또한 10년 법칙을 믿고 실행하고 있다.

> [1] 1만 시간의 법칙: 어떤 분야의 전문가가 되려면 최소 1만 시간 정도의 훈련이 필요하다는 법칙을 말함.

심리상담사 자격증을 취득하기 위한 수련과정에서 전문가가 되기 위해 중요한 것은 '내담자 경험'이다. 이것은 나를 알아가는 과정이다. 10년 전 필자는 내담자 경험을 위해 서울 홍경자 심리상담 센터를 찾았다. 내담자 입장이 되어 보는 것은 유능한 상담자가 되기 위한 수련과정이다. 심리상담 센터 홍경자 소장(前 전남대 교수)은 이화여대 석·박사 학위를 취득하고 전남대에서 교직에 있다가 정년퇴임 후 센터를 운영하고 있었다.

내담자 입장에서 상담을 받으러 가려니 다소 긴장되었다. 다른 내담자들도 상담받기 전 같은 마음일 것이다. 바로 이런 기분을 경험해보는 것이다. 센터에 도착해서 간단하게 상담 전문서와 심리검사 등을 받았다. 상담 받고 싶은 내용과 가족 사항을 기록하였다. 상담이 시작되면서 원 가족 관계 등 어린 시절부터 현재까지의 경험들을 이야기했다. 선생님은 전문가답게 자연스럽고 편안하게 상담을 이끌어 주었다.

어린 시절 7살 때 초등학교에 들어가서 한두 살 많은 친구들에게 괴롭힘을 당했던 이야기, 부모님을 도와 농사일을 성실히 돕던 이야기 그리고 형제들에 대해서도 간략하게 말하며 각각의 친밀도와 좋지 않은 형제들과의 관계도 이야기했다.

어린 시절 잔병치레를 많이 하고 약한 아이였지만 성실하게 학교와 농사일을 도왔고, 인내심이 있고 성실하게 잘 성장한 '대단한 아이'라고 칭찬해 주었다. 그리고 힘들었던 나의 어린 시절을 위로해 주셨다. 마음이 찡하였다.

어린 시절에 관한 이야기를 들었던 선생님은 필자에게 쿠션을 주면서 위로해 주는 시간을 가졌다. 먼저 잠시 눈을 감으라고 하면서 깊게 내쉬고 들이마시는 복식호흡을 하라고 하셨다. 그런 후 어린 시절 억눌리고 마음의 상처를 받고 힘들었던 장면을 떠올리라고 하셨다. 당시의 장면이 생생히 기억되었다. 어린 시절 나를 위로해 주고 "네 잘못이 아니야"라고 말하고, 격려의 말을 해주면서 달래주라고 하였다.

그러면서 "많이 힘들었지? 괜찮아, 네 잘못이 아니야, 택수야!"하고 어루만지며 안아주고 달래주니 마음이 한결 편안해졌다. 마음이 찡해서 울컥하였다. 이렇게 착하고 모범적으로 잘 살아온 어린 시절, 약하고 힘들었던 과거의 아이에게 큰 보상을 받는 기분이었다. 이렇게 인정을 해주니 뿌듯하고 기분이 좋았다.

현재의 불편함이 과거 어린 시절 내면 아이(Inner child)의 영향임을 알게 되었다. 누구나 현재 성인이지만 성장하지 못하고 상처받은 내면 아이가 있을 수 있다. 그래서 내면 아이를 알아차리고 돌보는 작업은 중요하고 필요하다. 그래서 전문가를 만나야 한다.

내담자 경험은 짧기는 했지만 상담전문가로 성장하기 위한 좋은 경험이었다. 상담자로서 정말 많은 것을 배울 수 있는 시간이었고 나 자신의 내면 아이를 알게 된 소중한 시간이었다.

그렇게 심리상담 분야에 입문한 지 올해로 11년째다. 말 그대로 10년 법칙, 1만 시간이 되었다. 요즘 생명존중 전문 강사 자격 교육을 받으러 오는 교육생들에게 '미쳐야 전문가'라고 하며 이와 같은 이야기를 전해 준다. 요즘도 아침에 신문 5개를 보면서 우울증, 수면장애 등 정신병리 관련 내용과 코로나 우울증(코로나블루), 코로나 레드(코로나 분노), 극단적 선택 사례 연구를 하고 있다. 바로 이 일에 미쳤기 때문이다.

"뭐 눈에는 뭐만 보인다?"라고 교육생들에게 질문하면 돌아오는 답은"개 눈에는 똥만 보인다. 그러면 정택수의 눈에는 뭐가 보일까요? 네 늘 자살 예방 분야가 눈에 보입니다."

누가 뭐라 해도 그 분야 전문가들은 뚜벅뚜벅 자신의 길을 걸어 간다. 필자 또한 그렇게 오늘도 전문가의 길을 가고 있다. 미치면 그 분야가 보인다. 미치지 않고 정상에 이를 수 없다. 각 분야 전문 가들의 공통점이다. 자신의 분야에 전문가로 미쳐보자.

# Part 02

삶이 너무 힘들어요

삶의 현장에서 만난 사람들,
죽고 싶다고 호소하는 사람들,
"그래도 살아. 내가 도와줄게."

# 불면증, 우울증으로
# 자살 생각이 들어요

오늘 오후, 나이가 들어 보이는 한 남성에게서 전화가 걸려왔다.

"전화 상담이 가능한지요?"

"네, 가능합니다."

겸손해 보이고 예의를 갖춘 분이었다. 사투리가 섞인 목소리로 봐서 지방에 계신 분 같았다. 경북 ○○지역이라고 하였고 60대 후반의 남자로 35년간 공직생활을 하고 정년퇴직해서 연금을 받고 있다고 했다. 어떤 이유로 전화를 했는지 그분의 사연을 짧게 소개하고자 한다.

국가 상담기관도 전화해보고 몇 군데 상담을 받았다고 하였다. 공직생활을 열심히 하고 정년퇴직 후 냄새를 잘 맡지 못하게 되었다고 했다. 후각 기능에 손상이 왔다. 지방에서 이비인후과 병원 치료를 받고 있으나 뚜렷하게 호전되지 않는다고 하였다. 최근에는 미각이 잃어버려 맛을 잘 못 느낀다고 했다. 이런 장애로 인해 우울증이 발병되었다. 우울증은 가장 힘든 게 불면증이다. 현재 수면유도제를 포함한 약물을 복용한다고 하였다.

신체질환에서 정신질환까지 발병하여 더 위험하다는 것을 선생님은 깨닫게 되었다.

스스로 깨달음(自覺, Insight)은 상담과정에서 매우 중요하고, 내담자가 통찰 단계가 되면 상담은 매우 효과적이다.


상담에서 가장 중요한 것은 '경청'과 '공감'이다.

"네, 선생님 마음 충분히 이해됩니다.", "얼마나 힘드실까요?"라는 경청과 공감의 대화를 40분 정도 주고받으며 상담이 진행되었다.

"제가 자살위기상담을 많이 하고 있지만 그래도 선생님은 괜찮은 편입니다. 더 힘드신 분들 많이 있지요. 지금 후각, 미각 장애보다 더 위험한 것은 우울증입니다. 현재 후각과 미각이 30% 정도 기능하고 있음을 받아들여야 합니다. 선생님 연세에 일부 기능이 좋지 않음을 그냥 수용해야 합니다. 제가 상담했던 분 중에서 전혀 앞을 보지 못하는 분도 있었고, 귀가 전혀 들리지 않는 분도 계셨습니다. 그런 분들과 비교해서 선생님은 그래도 나은 편입니다."라며 선생님의 말을 경청하면서 이해시켰다.

「사흘만 볼 수 있다」의 저자 헬렌 켈러의 사연도 잠시 언급하였다. 의사 선생님이 점차회복될 수 있다고 하니 여유를 갖고 기다려 보고, 더 중요한 정신건강을 위한 실천 방법을 알려주었다.

> "사흘만 세상을 볼 수 있다면 첫째 날은 사랑하는 이의 얼굴을 보겠다. 둘째 날은 밤이 아침으로 변하는 기적을 보리라. 셋째 날은 사람들이 오가는 평범한 거리를 보고 싶다. 단언컨대, 본다는 것은 가장 큰 축복이다."
>
> 출처 : 「사흘만 세상을 볼 수 있다면」 저 헬렌 켈러

내담자는 짧은 상담을 통해 깨달음을 얻은 것 같았다. "여러 곳에서 상담을 받아보았지만 이렇게 내 마음을 이해해 주고 좋은 말씀을 해주시니 너무 고맙습니다. 요즘 밥맛도 없고 활동도 못 하고 집에만 있고 축 처지고 우울하고 자살 생각이 들었어요. 남들은 다 바쁘게 활동하고 행복한 것 같아요."

"네, 그러시군요. 미각을 잃어서 음식의 맛을 100% 느끼지 못하시더라도 그냥 이 음식은 영양이 많아 나에게 많이 이로울 거야라고 긍정적으로 생각하며 음식을 잘 드세요. 그리고 남들과 비교하지 마세요. 선생님은 그동안 35년간 국가를 위해 헌신해 오셨어요. 누구보다 선생님은 성공하셨고 훌륭하세요. 저도 공직에서 24년간 일을 했지만, 선생님은 저보다 10년을 더 힘들게 일하셨는데 대단

하셔요."

필자는 칭찬을 해드리고 힘을 북돋아 주었다. 선생님이 울컥한
다고 하시며 울먹거렸다.

인정하고 공감을 해주니 눈물을 보인 것이다. 상담에서의 눈물
은 치료의 눈물이다.


마지막으로 필자에게 고맙다며 상담료가 얼마인지 물었다.

"저는 무료로 상담을 해드리고 있습니다. 괜찮습니다. 오늘 상담
이 도움이 되셨겠지만, 이후라도 어느 정도 상담이 필요하실 거예
요. 언제라도 연락해주세요. 이젠 여유를 갖고, 정신건강을 회복하
는 것이 더 중요합니다. 집 근처 가까운 공원 햇빛을 보며 산책하
기, 등산을 통해 맑은 공기를 호흡하고 긍정적인 생각을 가져보세
요."라고 당부하고 전화번호도 알려주었다.

"네, 정말 고맙습니다. 어려울 때 꼭 연락드리겠습니다."

내담자는 공직생활 하는 동안 가벼운 징계 한 번 받지 않고 성실
하게 근무하셨고 가정환경도 부유해서 어려움이 없이 성장하였다.
또한 늘 잘하려는 마음과 조급하고 예민한 유형이었다. 순탄했지만
고난을 맞았을 때 순간 절망적으로 인한 우울증이 올 수 있다. 무엇
보다 긍정적인 생각이 중요하겠다.


우리는 종종 이미 지난 과거에 집착하거나 내가 잃은 것에 구속

되어 자신을 얽매이게 되기도 한다. 이것은 스스로를 옥죄는 것이다. 잭 캔필드, 헤이 헨드릭스가 공저한 「내 인생을 바꾼 한 권의 책」에서 우리가 가지고 있지 않은 것들은 신경을 쓰지 말고 현재 가지고 있는 멋진 것에 집중하며 그 멋진 것들에 항상 감사하라고 한다.

지나간 것은 지나간 대로 두고, 현재의 삶에 감사하고 충실히 사는 것이 가장 현명하게 오늘을 살아가는 방법일 것이다.

# "바다에 뛰어내리고 싶어요."
# 자살 위기에 놓인 여고생

지난 상담사례집을 읽다가 유독 관심을 가졌던 사례를 소개하고
자 한다. 그 당시 이 학생은 매우 고위험군 내담자로 어떻게든 최선
을 다해 상담해서 살리고 싶고 희망을 주고 싶었다. 이 학생의 당시
힘들었던 사연이다.

작은 섬에 살고 있는 여고생입니다.
사실 저는 작은 문제가 있습니다. 그것은 자살이었습니다.

처음에는 그냥 내가 왜 태어난 것인지, 왜 내가 이 세상에서 살고
있는 거지 등 이런 생각만 했는데 세월이 지나면서 그런 생각이 심

해져 자살로 변했습니다.

자살로 변해 이제는 나쁜 행동인지 모를 정도로 칼로 손의 살을 칼로 자르고 하거나 학교 옥상에 올라가기도 했습니다.(물론 학교 옥상이 열려있을 때만…)

집 근처가 바다라서 뛰어내려서 죽고 싶기도 했어요….
그리고 또 가끔은 정말로 사람을 죽이고 싶은 생각을 할 때도 있었습니다. 이 사실은 제 부모님도 모르고 학교 선생님 한 분만 알고 계시는 사실입니다. 가끔 그 선생님께서 그럴 때마다 말려주기도 하고 그러면 안 된다고 말해주기도 합니다. 그런데 그래도 그게 잘 통제가 되지 않아서 어떻게 해야 할지 모르겠습니다.
좀 도와주세요…….

**출처 : ○○양의 상담 글 중에서**

○○양은 사이버 상담 글을 보내왔다. 사이버 상담은 총 17회기로 진행되었다. 학생 입장이 되어서 학생에게 놓인 문제, 힘든 고통을 진정성 있게 공감해주었다. 처음에 보낸 사연(윗글)이 조금씩 자살, 부정적 단어들이 많았다가 점차 줄어들고 있었다. 사이버 상담에서 글이 붉은색 부정적 단어, 문장들이 조금씩 줄어들고 긍정적 단어, 문장으로 바뀔 때 상담의 효과를 볼 수 있다.

○○양은 말 그대로 긍정적으로 바뀌어 가고 있었다. 봉사활동을

하게 되었고 자신이 잘하는 십자수를 한다고 하였다. 상담의 고마움을 느끼고 정성을 다해 십자수를 수놓아 선물로 보내주겠다고 하였다. 늦었지만 공부도 해서 대학생이 되고 싶어 했다. 자살위기에서 놀라운 변화였다. 앞으로 제과제빵을 공부하고 싶다고 하였다.

학교에서 담임 선생님께서 수능 얘기를 하다가 대학교 얘기를 했는데 결론은 대학교랑 학과는 빨리 결정하라는 결론이었어요. (중략)
어디로 가야 할지 참 알 수가 없네요(학과는 어디로 가야 할지…)
아 참 그리고 오늘 학교에서 자살하지 않고 나 자신을 사랑하고 아끼겠다는 등등….
그런 맹세도 하고 서약서도 작성했어요. 자살하지 않고 관심 있는 제과제빵 공부를 하려구요.

그럼 정택수 선생님 다음에 연락할 때까지 잘 보내세요.

○○양이 정성을 다해
만들어 보내준 십자수

　　○○양은 현재 제과제빵 전문가로 활동하고 있다. 그때의 사례를 다시 읽어보면서 한 생명을 살리고 작은 도움을 주었다는 것에 보람을 느낀다.

# "아버지를 죽이고 싶어요."
# 자살을 시도한 군인

○○상병은 필자가 군에서 마지막 보직인 수색대대장 임무를 수행할 때 만났다. 수색대대는 가장 강인한 장병들로 구성이 되어있고, 키도 크고 체력이 좋은 병사들을 선발해서 훈련한다. 상병이면 군 생활을 어느 정도 하였는데, ○○상병은 간혹 부대에서 말썽을 일으켰다. 체력이 좋고, 다혈질적 성격으로 폭력을 일삼았다. 담당 중대장도 관리하기 어려워했다. 공격성이 문제가 되었고, 동료들과 다툼, 하급자 구타까지 여러 문제를 일으켰다.

중대장이 관리가 어려워 필자가 대대장으로 상담을 하고, 관리하였다. 상담하는데도 부정적인 표정이었고 질문해도 대답을 하지 않았다. 부적응자로 문제의 소지가 있었는데, 결국 자살을 시도하였다. 손목 절상을 하였다는 중대장의 보고를 받고 빨리 응급조치를 하였고, 가까운 군 병원인 의무대대로 앰뷸런스로 이동하였다. 군의관(군부대 의사)에 의해 동맥 봉합수술 조치를 하고 신속히 지혈하여, 생명에는 지장이 없었다.

병실에 입원해 있는 ○○상병을 면회 갔다. 여전히 표정이 좋지 않았다. 무반응이고 심술이 나 있고, 질문해도 답이 없었다. 난감하였다. 평상시에도 말이 별로 없는 병사였다. 이런 내담자는 상담자로 상담하기 어렵고, 힘든 상황이었다. 고민하다가 ○○상병에게 부탁하듯이 요청하였다.

"○○상병, 얼굴 표정을 보니 많이 힘든 것 같아. 말도 하기 싫은 것 같아. 여기 노트에다 ○○상병이 지금까지 살아오면서 마음을 아프게 하거나 힘든 사연 있으면 기록해 주면 좋겠어. 낙서하듯이 글이나 그림을 자유롭게 쓰고 싶은 내용을 써봐. 엄마 혹은 아빠가 힘들게 했던 것도 좋고 무엇이라도 좋아. ○○상병을 힘들게 했던 기억을 더듬어서 쓰면 좋겠어."

"언제까지요?"라며 ○○상병이 물었다.

"오늘이 목요일이니 다음 주까지 여유 있게 생각날 때마다 써도 돼. 내가 다음 주에 볼게."

이렇게 숙제를 주었다. 그리고 며칠이 지나 다시 의무대 병실을 찾았다. ○○상병이 인사를 했다.

"그래 잘 지내고 있어? 손목 통증은 좀 나아졌어?"

붕대를 감은 손목을 만져주면서 대화를 나누었다.

"네, 처음에는 통증이 있었는데, 지금은 괜찮습니다."

"그래, 정말 다행이다. 그때 써보라고 했던 거 썼어?"

"네."

○○상병은 슬그머니 대학노트를 보여주었다.

"그래, 수고했어."

대학노트 두 쪽에는 글과 그림, 빨간색의 피가 묻은 칼 그림 등이 그려져 있었다.

그의 대학노트에 쓰여 진 내용의 일부를 소개하고자 한다.

안 좋은 기억, 숨기고 싶고 알리고 싶지 않은…. 아버지에 대한 미움, 죽이고 싶은 분노, 어머니의 **조현병**(매우 놀랐고 충격적이고 무서웠음.), **엄마의 사랑결핍, 지독한 가난** (칼국수, 배고픔, 교육비 미납으로 눈치, 수치스러움), **방황**(도둑질, 폭력, 가출, 흡연, 방화), **미래의 꿈**(축구선수, 태권도 선수, 선생님) 좌절, 부자가 되고 싶었다.

(성공해서 100억)

○○대학교 불합격에 대한 좌절감, 실망감, 분노, 군 생활 불만(통제, 규칙적, 자유 없음), **폐소공포증, 대인기피증**(어린 시절 아버지의 폭행, 가혹 행위로 화장실 가두어 둠)

○○상병은 대학노트에 분노형 글을 힘을 주어 휘갈겨 썼고, 그동안 누구에게도 말 못할 억압된 감정(핵심감정)을 간직한 채 살아왔다. 그렇게 강인했던 ○○상병은 펑펑 울기 시작했다. 눈물, 콧물이 뒤섞인 채 어린 시절 학대로 인한 분노와 좌절, 억압된 감정을 쏟아내고 있었다. 그냥 말없이 포근히 안아주고 토닥토닥 해주었다. 그는 흐느껴 울었다. 어느 정도 울고 난 다음, 말을 하기 시작하였다.

가난한 가정에서 태어난 ○○상병은 어머니의 조현병(정신분열병)으로 힘든 어린 시절을 보내야 했다. 어머니의 조현병(정신분열병)에 대한 이야기는 필자가 듣기에도 매우 놀랍고 무서웠다. ○○상병은 칼국수를 주로 먹으면서 자라야 했고 그마저도 먹지 못해 굶주려야 했었다. 또한 교육비 미납으로 눈치를 보며 창피해 하던 어린 시절의 불행한 기억을 떠올렸다. 아버지는 술을 자주 마시고, 엄마와 싸우면, 어린 ○○상병을 화장실에 가두웠다. 울지도 못하고 눈물을 억압하였고, 어두운 화장실에서의 공포, 아버지의 폭행에 대한 트라우마로 폐소공포증이 있었다. 피 묻은 칼을 그려놓고, "아버지를 죽이고 싶을 정도로 미워하고 분노가 있다."라고 하였다.

이런 가정환경에서 가출하게 되었고, 도둑질, 폭력, 흡연, 방화 사고를 저지른 경험이 있었지만, 자신의 꿈은 축구선수, 태권도 선수, 선생님 등 이었다. 또 돈을 많이 벌어 100억대 부자가 되고 싶어했다. 원하는 대학의 꿈이 좌절되고, 자신에 대한 실망이 큰 상태에서 군에 입대해 규칙적이고 강한 통제에 불만이 생겼다. 이런 불만을 군에 후임병들을 구타하고 괴롭히는 것으로 스트레스를 풀었던 것이다.

이제까지 누구에게도 말하지 않은 사연을 처음으로 털어놓게 된 것이다.

"대대장님, 처음으로 말하게 되었습니다. 이렇게 털어놓으니 마음이 편해졌습니다. 고맙습니다."

분노의 얼굴이 이젠 많이 편안해졌다. 말하지 않는 내담자에게 글쓰기 치료기법이 정말 필요함을 알게 되었다. 말하기 싫어하는 내담자에게 글쓰기나 그림을 그려보고 내재한 핵심감정을 드러내게 하는 투사적 심리치료는 효과적이다.

상담을 하고 나서 1주 단위로 지속해서 상담하였고, ○○상병에 대해 더 관심과 사랑을 주었다. 잘 적응하도록 도움을 주었고, 군부대 도서관에서 좋은 책도 읽게 하고, 대대 체육대회에 축구선수로 활동하면서, 우수병사로 선정도 되었다. 이후 잘 전역을 하고 지금은 사회인이 되었다.

# 자존감이 낮은 사람들이
# 자살을 할 수 있어요

자존감에 대해 연구하고 강의안을 만들고 있다. 설 연휴가 지나서 어느 기관에 영상 강의 촬영이 예정되어 있었다. 청중들의 강의 평가를 통해 강사의 승패가 좌우되기에 신경이 쓰였다. 그동안 마음, 자존감, 생명존중 자살 예방 강의는 주 제목이지만 중요한 강의라서 더 연구하고 준비 중이다. 자존감이 높으면 자살과 관련이 없다. 문제는 자존감 저하이다.

자존감은 자기를 귀하게 여기는 마음이며, 자신의 존재가치를 인정하고, 자신의 장단점을 잘 알고 전체적으로 긍정적인 느낌이 드는 자가 만족 상태이다. 즉 자신을 사랑하고 존중하며 자신에 대해서 근사한 마음을 갖는 것이다. 자존감은 태어나서 부모와의 만

남을 통해 충분한 사랑과 칭찬을 받으며 애착 관계 형성을 통해 자존감은 무럭무럭 자란다.

최근 아동학대 문제는 마음을 아프게 한다. 학대를 넘어 살인까지 하는 어른들의 모습에 분노를 느끼게 된다. 아이를 천덕꾸러기처럼 윽박지르고, 사랑을 주지 못한다면 아이는, 자존감이 저하된다. "나 때문에 엄마 아빠가 싸우나?", "내가 태어나지 말았어야 하는데…." 자신을 비하하고 자신을 미워하고 증오한다. "나는 쓸모없는 존재야.", "나는 버림받은 존재야." 자신의 존재가 있으나 마나 한 사람으로 여겨 자신을 사랑하지 못한다. 주눅이 들고 무엇을 하더라도 자신감이 없어 눈치를 보게 된다. 어쩌다 실수를 하고 지적을 받아도 "나는 바보야.", "나는 무엇을 해도 안 되는 아이야."라고 자신을 부정적으로 판단하고 왜곡하게 된다.

강의 중이나 상담 중에 자존감을 점수화해서 질문하는 경우가 종종 있다.

"○○○님은 자신을 사랑하고, 존중하고, 인정하는 점수가 100점 만점에 몇 점 정도인가요?"

교육을 받으러 온사람들은 대부분 점수가 높은 편이었다.

"혹시 100점 이상도 계신가요?"라고 물어보았다.

"100점 이상인 분들도 몇 분 계신 것 같습니다. 그분들은 강의 마치고 잠시 남아주시면 제가 상담해 드릴게요. 너무 높아도 상담해야 하거든요." 교육생들은 여기저기서 웃었다.

강의 중 유머로 하는 내용이었다. "너무 높아도 자기애성(나르시시즘) 성격장애거든요. 장애 정도는 아닌 것 같습니다. 농담입니다." 문제는 낮은 사람들이다. "교육을 받으러 오시는 분 중에 자신의 점수를 낮게 평가하시는 원인이 무엇인가요?"라고 물어보았다. 그러자 "자신은 크게 성공도 못 하고 잘하는 것이 없어서요."라고 대답했다. "그래도 이렇게 자격증 교육을 받으러 오셨잖아요. 앞으로는 더 점수가 올라갈 듯합니다."

실제 자살시도를 경험했거나 우울증이 있어 상담을 받으러 오시는 분들에게 "자신의 점수는 몇 점 정도입니까?"라고 질문해보면 "10점입니다." 혹은 "0점입니다"라고 대답하는 사람도 있다. 0점이라는 것은, 자신의 존재가 없다. 자신을 있으나 마나 한 존재라고 스스로 평가하는 것이다. 더 심한 사람은 "마이너스 100점입니다."라고 말하는 사람도 있다.

오래전 상담했던 30대 초 젊은 남자는 여러 번 자해를 했고, 은둔형 외톨이로 살아가고 있었다. 사회활동도 하지 못하고, 집에서 게임만 하고, 분노가 많은 사람이었다. 엄마가 주는 밥도 자신의 방에서 혼자 먹고, 빈 그릇을 내어놓고, 엄마에게 물건을 던지고, 행패를 부리곤 했다.

　자신을 혐오하고 증오한다고 하였다. 어쩌다 거울을 보면 자신을 '괴물'이라고 표현했다. 그래서 거울 속에 자신을 향하여 물건을 집어 던져, 거울을 깨버렸다고 하였다. 당연히 목표와 꿈이 없었다. 자기 관리를 하지 않았다. 즉 자기방치 수준이다. 그러니 자신을 마이너스 100점이라고 한 것이다. 마이너스 100점은 0점보다 더 심한 상태이다. 자신은 없는 게 더 낫다면 타인들에게 피해가 되고, 도움이 안 된다고 했다. 오히려 사라지는 게 낫다고 생각했다.

　자기비하, 자기혐오, 자기 증오를 넘어 자신을 파괴하고자 한다. 자기파괴는 자살이다. 정신분석학파 프로이트(Sigmund Freud)의 관점에서 보면 자살은 공격성 충동에서 타인을 향한 공격이 아닌 자기 자신을 향한 분노, 공격성, 자기 파괴성이라고 볼 수 있다고 했다.

　자존감이 낮은 사람들은 일차적으로 가정에서 부모와 애착 관계에 문제가 있다. 다음으로 어린이집, 유치원, 학교에서 선생님들과 친구 관계에서 문제가 야기되는 경우가 많다. 초, 중,고를 졸업하고 대학교 생활을 마치고 직장에서 자존감이 저하된 사람들은 적응이 어렵다. 사회적 관계 형성이 어려워 대인관계에 문제가 생기고, 부적응을 호소하게 된다. 대인 관계는 사회적 건강으로 볼 수 있는데 사회적으로 건강한 사람들이 대인관계를 잘 형성한다. 가정에서 자존감이 비록 저하된 사람들이라도 학교, 사회에서 칭찬해 주고 인정을 해주면 자존감은 향상될 수 있다. 그들은 우리 모두의 관심과 사랑이 필요하다. 그들은 우리 모두의 이웃이기 때문이다.

독일의 음유시인 슈나이더의 '그대는'을 교육할 때 낭송한다.

그대는

슈나이더

그대는 남의 손끝에서 놀기 위해서
태어난 것이 아닙니다.
군중 가운데 한 사람이 되기 위하여
태어난 것도 아닙니다.
그대는 그대만이 이룩할 수 있는
독특한 인간이 되기 위하여
태어났습니다.
그대를 제쳐 놓고
지구상의 그 누구도
그대가 될 수 있는
그 인간이 될 수는 없습니다.

# 자존감이 낮은 사람들의 특징

1. 남에게 잘 보이려고 지나칠 정도로 애를 쓴다.

2. 외모, 학벌, 명예 등에 집착한다.

3. 자신을 존중하지 못하고 자신을 비난하거나 질책한다.

4. 남들에 의해서 자신의 행복이 결정되는 것처럼 착각한다.

5. 자신의 실수나 단점에 대해서 너그럽지 못하다.

6. 자꾸 남 탓을 하게 되며, 삶의 불만이 많이 있다.

7. 자신이 좋아하는 일이나 즐거운 일을 주도적으로 못하게 된다.

8. 자존심이 센 것을 좋은 것처럼 잘 못 알고 있다.

9. 강하기만 할 뿐, 부드럽지 못하다.

10. 허풍이 심하고 작은 일도 과장되게 부풀린다.

11. 속은 약하고 겉으로는 강한 척하는 달걀과 같은 심리가 있다.

12. 남들의 실수나 단점에 대해서 관대하지 못하고 자주 지적한다.

13. 작은 일에도 쉽게 화를 내고 분노를 참지 못한다.

출처 : 〈성공 최면과 행복한 마음치유〉 중에서

## 자존감 설문지(Self-Esteem Questionnaire)

'자존감'이란 '자아존중감'의 약어로서, 개인이 자신의 가치, 능력 또는 중요성에 대하여 내리는 평가를 일컫는 말입니다. 이 말은 한 개인이 자신을 얼마나 좋아하는가, 사람들이 자신을 얼마나 가치 있다고 느끼는가에 대한 자신의 평가입니다. 좀 쉽게 이야기하자면 낮은 자존감은 '열등감'이라 할 수 있을 테고, 지나치게 높은 자존감이란 '교만함'이라 할 수 있을 것입니다.

★ **다음과 같은 방식으로 아래의 질문에 답하십시오.**
물음의 내용이 당신이 평소에 느끼는 바를 묘사하는 것이라면 번호에 ○표를, 물음의 내용이 당신이 평소에 느끼는 바를 묘사하는 것이 아니라면 번호에 ×표를 하십시오. 깊이 생각하지 말고 빨리 대답하는 것이 정확합니다.

1. 당신에게는 친구가 별로 없습니까?
2. 당신은 평소에 기쁨의 삶을 누리십니까?
3. 당신은 다른 사람들 못지않게 많은 일들을 해낼 수 있는 능력이 있습니까?
4. 당신은 대부분의 자유 시간을 혼자서 보냅니까?
5. 당신은 당신이 남성(또는 여성)인 것에 만족하십니까?
6. 당신이 알고 있는 대부분의 사람들은 당신을 좋아한다고 느낍니까?
7. 당신이 중요한 과제나 과업을 시도할 때 보통 성공하는 편입니까?
8. 당신은 다른 사람들 못지않게 지적인 편입니까?
9. 당신은 대부분의 사람들 못지않게 중요한 인물이라고 생각하십니

까?

10. 당신은 쉽게 의기소침(우울)해 지는 편입니까?

11. 할 수만 있다면, 당신은 자신에 대하여 많은 것들을 변경시키고 싶습니까?

12. 당신은 다른 사람 못지않게 잘 생긴 편입니까?

13. 많은 사람들이 당신을 싫어합니까?

14. 당신은 평소에 긴장하거나 불안해합니까?

15. 당신은 자신감이 부족합니까?

16. 당신은 자주 당신이 쓸모없는 존재라고 느낍니까?

17. 당신은 남 못지않게 건강하고, 튼튼합니까?

18. 당신의 감정은 쉽게 상하는 편입니까?

19. 당신은 당신의 견해나 감정 상태를 표현하기가 어렵습니까?

20. 당신은 종종 당신 자신에 대하여 부끄러움을 느낍니까?

21. 대체로 다른 사람들이 당신보다 더 성공적이라고 생각합니까?

22. 당신은 왠지 이유 없이 자주 불안감을 느낍니까?

23. 당신은 다른 사람들이 행복해 보이는 것처럼, 행복해지기를 원하십니까?

24. 당신은 실패자입니까?

25. 당신은 당신이 생각하는 바를 좋아하십니까?

26. 당신은 새로운 사람들을 만나기가 쉽지 않습니까?

27. 당신은 무엇인가 자주 화를 내는 편입니까?

28. 대부분의 사람들이 당신의 견해를 존중합니까?

29. 당신은 다른 사람들에 비하여 예민한 편입니까?

30. 당신은 다른 사람들만큼이나 행복한 삶을 누립니까?

31. 당신은 무슨 일을 시도할 때 주도권을 잡는 능력이 참으로 부족하다고 느낍니까?

32. 당신은 많이 걱정하는 편입니까?

33. 당신은 사랑을 받고 있다고 생각하십니까?

## ★ 채점방법

1) 먼저 2, 3, 5, 6, 7, 8, 9, 12, 17, 25, 28, 30, 33번 중에 ○표가 되어 있는 숫자를 세어보십시오.

2) 그리고 1, 4, 10, 11, 13, 14, 15, 16, 18, 19, 20, 21, 22, 23, 24, 26, 27, 29, 31, 32번 중에 ×표가 되어 있는 숫자를 세어보십시오.

3) 그 둘의 숫자를 더하십시오.

4) 곱하기 3을 하십시오.

## ★ 채점결과

95~99 : 상당히 높은 자존감을 가지고 계신 분입니다.

사회생활에 자신감이 있고 세상을 참 긍정적으로 사시는 분일 겁니다. 모든 일에 활력이 넘치고 인간관계에 있어서 거의 문제가 없는 분입니다. 또한 단점에 집착하지 않고 장점을 부각시키지요. 단지 자신의 능력을 너무 믿은 채 우유부단한 행동을 하는 경우가 있기도 할 것입니다. 그리고 자신의 교만한 마음을 스스로 다스려야 할 때도 있습니다.

85~94 : 가장 적당한 정도의 자존감입니다.

자신을 참 편하게 느끼고, 다른 사람들과 편하게 지냅니다. 지적 호기심이 강하고 세상과 미래를 긍정적으로 봅니다. 항상 세상을 긍정적으로 살기 위해 노력한다면 참으로 훌륭한 인격의 소유자가 될 것입니다.

**75~84 : 생활에 만족할 만한 자존감을 가진 사람입니다.**

가끔 외롭다고 느끼시는 분들이 있을 겁니다. 사회생활엔 별 무리가 없으나 가끔씩 찾아오는 소외감이나 혼자만의 오해로 인해서 힘들어 지기도 할 것입니다.

**65~74 : 자주 외로워지시는 분들입니다.**

소속집단과 잘 어울리지 못하거나 혼자 있는 시간을 즐기는 분일 가능성이 있습니다. 남들의 칭찬이 거북스럽게 느껴질 것이기도 하며 스스로 자신감을 상실하기도 합니다. 그러나 어떠한 계기로 인해서 자존감이 회복될 수 있는 능력을 가진 분들이기도 합니다.

**0~64 : 실패는 자신의 내적 요인으로, 성공은 외적 요인으로 돌리지 않는지 확인해보세요.** (시험을 잘 못 볼 경우 자신이 무지해서 실패했다고 생각하고, 시험을 잘 볼 경우 시험문제가 쉬었기 때문이라고 생각함.)

늘 옷치장이나 화장으로 자신을 가리려고 하고, 정작 그 부분에 있어선 자신 없어 합니다. 혼자서 행동하지 않고 군중과 함께 행동하려 합니다. 매사에 자신이 없어서 남들과 어울리기를 꺼려합니다. 스스로 자존감을 높이려는 노력이 절대적으로 필요합니다.

\* 한귀순 상담교사 자료 제공

# 자신의 잘못을
# 자살로 끝내려는 사람들

사람들은 자신이 저지른 죄에 대해 하나뿐인 생명을 끊으면 다 해결된다고 생각하는 것 같다. 담배를 절도한 고등학생이 자신의 죄에 대해 자책하다가 투신자살한 사건을 보면서 그냥 부모님에게 솔직히 사실을 말하고 죄를 인정하고, 처벌을 받았더라면 하는 생각이 들었다. 또한 여직원을 성추행 하고 자신의 죄를 자책하고, 극단적 선택을 한 고위공직자, 대학생을 성추행한 것이 밝혀지면서 극단적 선택을 한 ○○○교수, 억울함을 호소하면서 자살한 군 장성. ○○기업 부회장이 검찰 수사에 압박을 견디지 못하고, 극단적 선택한 사례를 접하면서 안타까운 마음이 들었다.

우리 사회는 간혹 잘못을 저지르고, 그 대가로 자살하면 다 해결

되는 것처럼 기사화되고 있다. 너무나 잘못된 사례이다. 사람은 누구나 실수를 하게 된다. 인간이기에 실수를 할 수있다. 만일 잘못된 행동을 자신도 모르고 하게 되었다면, 모든 것을 밝히고 사죄해야 한다. 떳떳하게 밝히고 법의 심판을 받아야 한다. 자신이 저지른 잘못을 인정하고, 피해자에게 정중히 사과하고, 자신의 죗값을 치르고 반성해야 한다. 죗값 대신 자신의 생명을 끊으면 다 해결된다는 생각은 잘못된 생각이다. 왜곡된 생각이요, 비합리적 사고이다. 사람들 앞에 자신의 얼굴을 떳떳이 드러내지 못하고, 부끄럽고 숨고 싶은 심리, 회피심리, 자기파괴적 심리로 삶을 마감해서는 안 된다. 특히 주요 공직자, 교수, 연예인 등 공인들의 자살은 사회에 미치는 영향이 더 크다.

우리나라 주요 인사들의 자살은 '베르테르 효과'[2]가 더 크다. 남겨진 사람들에게 미치는 영향은 더 크다. 보통 한 사람이 극단적 선택을 하면 그와 관련된 최소 6명에서 10명의 유가족들이 생겨난다. 그들의 경우 큰마음의 상처를 받고, 트라우마에 시달린다. 유명인들의 자살은 더욱 많은 사람에게 마음의 상처를 준다. 나 한 명만 끝나면 다 해결된다. 나의 잘못으로 내가 죽으면 된다. 죗값으로 소중한 생명을 끊으면 된다는 왜곡된 생각을 버려야 한다. 잘못을 저지른 죄를 떳떳하게 사죄하고, 법에 따

2) 베르테르 효과: 자신이 닮고자 하는 이상형이나 사회에 영향을 미치는 유명인이 자살할 경우, 그를 따라 자살을 하려는 현상을 말한다. '베르테르'는 괴테의 소설 <젊은 베르테르의 슬픔>의 주인공 이름이다.

라 죗값을 치르는 것이 정당한 방법이다.

청소년들에게 생명존중 강의할 때에도 고등학생 담배 절도 사고 사례를 언급하면서 자칫 어떤 상황에서 실수를 했을 때 빨리 부모님이나 담임 선생님에게 사실을 말하라고 당부한다.

문제 상황을 고민하고 고민하다가 말하지 않게 되면, 더 부담을 느끼고 죄책감이 시달리게 된다. 결국 자살 생각이나 자살 충동이 올 수 있다. 사람이 잘못을 저지르지 않고 살면 좋지만, 어쩌다 실수를 하고 잘못을 저지르게 된다면 빨리 인정하고 잘못에 따른 책임을 져야 한다. 그리고 반성하고 뉘우치고 용서를 빌어야 한다.

'나의 모든 죄, 내가 잘못을 안고 가겠다.'

이런 생각은 결코 옳은 생각이 아니다. 자살이 답은 아니다. 자살이 해결책이 될 수는 없다.


자살로 갈 수밖에 없는 상황, 더 이상 사는 것에 희망이 없는 상황(무망감, hopeless) 등 사람들마다의 각자의 힘든 사연이 있기에……. 현재의 고통 양보다 닥쳐올 고통의 양이 더 많을 때 자살을 선택한다고 한다. 그 순간의 힘듦은 누구도 상상할 수 없다. 하지만 이 글을 읽고 있는 독자에 힘주어 말하고 싶다.

"우린 더 치열하게, 더 민망하게, 더 냉혹함도 견뎌야 한다. 그게 인생이다."

어떤 상황이 우리에게 닥쳐오더라도 살아야 한다.

우리의 생명은 신성하고 귀하기 때문이다. 생명을 끊는 행위는 살인이다. 생명을 경시해서는 안 된다. 우리나라는 자살이 많은 나라이다. 불명예스러운 나라이기에 우리 모두 생명의 소중함을 인식하면 좋겠다.

담배 4갑을 훔친 혐의로 검찰 조사를 앞두고 있던 고등학생이 스스로 목숨을 끊었다.

앞서 경찰 조사 과정에서 담당 경찰관이 부모에게 제대로 통보하지 않은 사실도 확인됐다. 5일 세종 경찰서 등에 따르면 고교 3학년인 A군은 지난달 30일 대전의 한 다리에서 뛰어내려 스스로 목숨을 끊었다. 집에서 30㎞ 떨어진 곳이었다. 앞서 A군은 올해 1월 1일 한 상점에서 친구와 함께 담배 4갑을 훔쳤다. 경찰은 2명 이상이 함께 물건을 훔치면 적용하는 특수절도 혐의를 A군에게 적용해 검찰에 송치했다. A군은 다리에서 투신한 날 검찰에 출석하라는 통보를 들었다고 한다.

문제는 A군의 부모가 장례식장에서 아들의 경찰 조사 사실을 알았다는 것이다. 경찰 범죄 수사 규칙은 청소년 조사 때 보호자에게 연락하도록 규정하고 있다. 하지만 경찰은 A군의 부모에게 연락하지 않았다.

경찰 관계자는 "A군이 부모를 바꿔준다고 했지만, 자신의 친구를 연결해 수사관이 모르고 넘어갔다. 사실 확인을 제대로 확인하지 않은 점을 인정한다."라고 해명했다. 출처 : 동아일보 2018. 4. 5일자 담배 4갑 때문에 한 생명을 잃은 사례는 마음이 아프다. 학생의 어머니가 눈치를 채고 질문을 하였으나 아들은 "괜찮다."라고 대답했다. 좀 더 신중히 다시 한번 질문을 했더라면 하는 아쉬움이 남는다. "우리 아들, 엄마가 보기에 분명히 뭔가 있는 것 같아. 어떤 문제가 있는지 솔직히 말해주면 좋겠다. 어떤 잘못이라도 괜찮아, 엄마에게 말해봐."라고 했었더라면….

대부분 청소년은 부모가 물으면 걱정을 끼쳐드리고 싶지 않기에 "괜찮다."라고 대답하는 경우가 많다. 이때 부모님이나 선생님들은 그냥 넘기지 말아야 한다. 아니면 학교 상담교사 혹은 전문가에게 의뢰하는 것도 좋다. 우리의 예감이 중요하다. '분명히 뭔가 있는 것 같다'는 느낌이 오면 정말 무언가 있기에 얼굴 표정이 좋지 않고 힘들어하는 것이다.

# 마음의 상처를 받고
# 자살 생각을 했어요

심리학자이자 작가인 배르벨 바르데츠키가 쓴 「너는 나에게 상처를 줄 수 없다」에 나오는 내용들 중에서 일부분과 상담사례를 소개하고자 한다.

다른 사람에게 받은 상처를 치유하는 것만으로는 상처가 사라지지 않는다. 세상에서 나에게 가장 많은 상처를 주는 사람은 다른 누구도 아닌 바로 '나 자신'이기 때문이다.(P5)

자기를 사랑하는 사람은 누구도 함부로 하지 못한다.(P13)

상처받은 사람들은 자기 회의에 빠지면 우울한 현실을 안전한 은신처라고 생각한다.(P34)

"나를 힘들게 했던 사람들은 즐겁게 잘 어울리고 있는데 나는 혼자 집에만 있고 제가 문제 있는 것 아닌가요?" 만날수록 상처만 받을 거라는 걸 알면서도 똑같은 사람을 만나고 똑같은 문제를 겪고 똑같은 이유로 헤어지는 사람들에게 가장 부족한 것은 자기 자신의 진심을 들여다보는 진지함이다.

알렉상드로 졸리앙은 스위스 태생의 젊은 철학자이자 세 아이의 아버지이며 뇌성마비를 가진 장애인이다. 그는 자신의 책「나를 아프게 하는 것이 나를 강하게 만든다」에서 비정상적인 몸뚱이가 한없이 부끄럽게 느껴졌던 어느날의 이야기를 고백한다.(P49)

책 제목이 인상적이다. 나를 힘들고 아프게 한 것들이 나를 더 강하게 만든다. 쇠를 담금질하여 두드릴수록 더 강해지는 것처럼 우리의 인생도 아프고 힘들었던 경험들이 지금의 나를 더 강하게 만든 것을 알 수 있다. 나의 과거도 고되고 배고프고 힘겨웠던 삶이 많았다. 서울에 와서 주경야독하며 신문 배달과 오후에 손수레에 과일 장사를 하면서 노점상 단속에 걸려 혼이 나고 모멸감도 느끼고 청년 시절 마음의 아픔도 경험하였다. 몇 시간 못 자는 일상이 반복되었고 야간대학을 마치고 버스 안에서 잠이 들어 종점까지 간 경우도 여러 차례 있었다.

군 생활 24년도 말처럼 쉽지 않았다. 전후방 각지에서 늘 부하 관리를 하면서 혹시나 사고가 생길까 노심초사하였고, 자유가 없었다. 주말과 공휴일에서 전화만 오면 긴장하였다. 고된 훈련과 부하 관리, 진급을 위해 늘 노력했던 삶이 녹록지 않았다.

힘들고 어려웠던 순간순간을 이겨내고 버티고 도전했기에 나는 더 강해졌고, 지금에 와서는 인생의 모든 경험들이 버릴 것 없이 강의와 상담에서 많은 도움이 되고 있다. 그래서 힘겨워하는 젊은이들에게 지금은 아프고 고통스럽지만 먼 훗날 되돌아보면 강한 자신을 발견하게 될 거라고 위로해 준다. 때로는 나의 지난 경험담도 들여준다.

남의 시선으로 나를 바라보지 마라. 인정받지 못하고 초라하게 느껴져도 나는 끝까지 내 편이 되어야 원하는 삶을 살아갈 수 있다. 당당한 마음이 인생을 바꾼다. 어떤 순간에도 기억해야 할 핵심은 '나 자신'을 부끄럽게 생각하지 말아야 한다는 사실이다. 그리고 다치지 않도록 소중히 보살펴야 할 사람 역시 '나 자신'이라는 사실이다.(p85)

말하지 않으면 당신의 희생은 당연한 의무가 되고 만다.

다른 사람들은 우리가 기대하는 것보다 훨씬 더 남의 고통에 둔감하다.

그러니 억울하다면 질질 끌지 말고, 묻어 두지 말고 확실히 말해야 한다.(p123)

상담 중 여성은 상처를 준 사람에게 자신이 말하고자 하는 것을 나중으로 미뤘다. "지금은 말하기 어렵고요, 내 감정과 마음이 안정되면 나중에 말할게요."

'남의 삶'이 아니라 '나의 삶'을 살아가라.(p153)

자존감은 '다른 사람이 나를 어떻게 평가하든 나는 충분히 사랑받을 가치가 있는 사람이다'라고 믿는 마음이다. 스스로를 가치가 있다고 인정하고 있는 그대로 받아들이는 마음이 클수록 자신에 대한 회의는 그만큼 덜 치명적인 것이 된다.(p155)

억울한 감정을 억압하고 상처를 입었을 때 발생하는 강렬한 고통과 두려움을 어떻게 처리해야 할지 몰라 마음 깊은 곳에 묻어 버리고 영영 치유할 수 없게 방치할 위험이 있다.(p184)

감정을 마음속에 억압하지 말고 그때그때 표현해야 한다. 즉 화가 나면 화를 내야 하고, 울고 싶으면 참지 말고 울어야 한다. 우리가 일일 결산하듯이 하루하루 쌓인 스트레스, 감정들이 있다면 쓰레기통에 버려야 한다. 학교나 직장에서 받은 좋지 않은 감정(부끄러움, 분노, 우울 등)을 혼자 말하기, 나무에게 말하기 하면서 감정처리를 하며 털어내야 한다. 홀가분해져야 한다.

얼마 전 한 여성이 지인들로부터 마음의 상처를 받아 상담을 요청했다. 목소리가 침울하고 힘들어하는 것을 느낄 수 있었다. 2주 정도 마음의 상처로 우울하고 자살 생각이 자주 든다고 했다. 자살 생각이 충동으로 이어져 행동할까 봐 자신이 무섭다고 했다. 자신이 믿은 사람들을 성심껏 도와주었는데 나중에 자신에 대한 안 좋은 소리를 듣게 되었다는 내용이었다. 억울하고 사람들 만나기가 두렵다고 하였다. 그렇게 행동하는 사람들은 그들끼리 잘 어울리는데, 자신만 혼자 이렇게 우울하고 힘들어서 자살 생각을 하니"제가 문제이지요?"라며 자신을 비하했다.

"상처를 준 사람들은 본인들이 상처를 주었는지 잘 모르겠지요?"라고 물었다.

"네, 그럴 수 있어요. 상처받은 사람이 이렇게 2주 동안 힘든지 모를 거예요."라며 필자는 충분히 공감해주었다. 누구에게도 이렇게 털어놓고 말하지 못했다고 했다. 주변에 사람들이 있어도 자신의 속마음을 터놓고 말할 상대는 없다고 했다.

"아, 그러셨군요. 비밀이 보장되니, 걱정하지 마시고, 실명을 거론하면서 구체적으로 속상한 것을 말해주세요."라고 말했다.

그러자 상담자는 실명을 거론하면서 속상했던 사연들을 풀어 놓기 시작했다. 감정을 표현하면서 격양되기도 하고, 울컥하는 목소리가 들렸다. 본인은 바르고 모범적이고 남에게 피해 주지 않는 유형이라고 했다. 필자는 충분히 인정해 주고 공감해주었다. 관계에서 적당한 거리 두기를 하면서, 자신의 강점을 살리고 당당하게 생활할 것을 조언해주었다. 그리고 속상한 내용을 빨리 피해를 준 사람에게 말하라고 했다. (자기주장, 자기 의사 표현) 40분 상담을 마칠 때쯤 한층 안정적인 목소리였다.

"자살하면 나만 손해인 거지요. 많이 마음이 편해졌습니다. 고맙습니다."

우리들은 종종 상대방에게 무심코 한마디를 던지기도 한다. 하지만 이 한마디가 때로는 상대방에게 자살을 생각할 정도로 아픈 말일 수도 있다는 것을 기억하면 좋겠다. 물리적 폭력보다 더 오래 아프고 힘든 것은 말에 대한 상처이다. 정말 상대를 배려하고 존중하는 마음으로 신중히 말해야 한다.

필자의 지인 조은주 선생님이 이와 같은 사례에 딱 어울리는 이야기를 들려주었다.

"아주 미세하게라도 상처를 안 받고 살 수는 없으니, 마음의 스크래치가 덜 나도록 내 마음을 코팅을 해야 합니다. 물론 코팅은 벗겨질 수 있으니 자주 해야 하지요. 그 코팅은 마인드 셋이나 마음 근육을 만드는 일과 비슷하지요. 타인이 주는 위로와 격려는 일시적이고 지속성은 없습니다. 나를 지켜주는 일도 나임을 아는 사람이 많아졌으면 좋겠어요."

우선 숨이 막힐 정도로 힘들 때 자살 충동이 일어날 때, 숨통을 트여주는 것은 누군가에게 터놓고 말하는 것이다. 팽팽한 고무풍선인 상태에서, 터지면 위험한데, 상담자는 풍선에 바늘을 콕 찔러 바람을 빼주는 역할을 하는 것이다. 환기효과다.

필자는 다음날 내담자의 안부가 궁금해 다시 연락했다.

**상담자**  기분이 좀 어떤가요?

**내담자**  어제보다는 좋아졌어요. 마음속 분노를 잘 다스리려고 노력 중이에요. 누군가가 답답한 이야기를 들어주는 것만으로도 반은 해결되잖아요. 교수님 덕분이에요.

**상담자**  네, 다행이에요. 분노를 잘 다스리고 당당하게 나아가는 게 이기는 거예요.

**내담자**  네, 제 갈 길을 묵묵히 가려고요. 이기고 지는 그런 게임이 아니라 맞지 않은 사람들과 스트레스 받으며 힘들게 지내기엔 제 열정과 시간이 아깝다는 생각이 들어요.

**상담자**  좋은 생각입니다. 부정적인 것에 에너지를 뺏겨서는 안 돼요.

**내담자**  네, 저 자신에게 그리고 사람들 앞에 더 당당하게 일어설 거예요. 걱정해주시고 공감해 주셔서 감사합니다. 교수님!

**상담자**  네, 좋아요. 당당한 것이 정답입니다.

**내담자**  네, 교수님처럼 단 한 분이라도 곁에서 진심으로 공감해주시고 토

닦거려주신다면 아무 문제가 없을 것 같습니다. 조금 시간이 걸리 겠지만 잘 이겨내겠습니다.

**상담자** 지금까지 잘 이겨냈듯이 이번에도 잘 넘길 거예요. 집에만 있지 말고 가까운 공원 산책이나 인근 지역으로 드라이브하면서 음악을 듣는 것도 좋아요. 분노에 대해 글을 써 보는 것도 좋고요.

**내담자** 네, 글쓰기 치료가 도움이 많이 되네요. 책을 내기 위한 힘든 고난이 아닌 프리라이팅하면서 처음에는 분노만 발산하려 했던 것이 차츰 감사와 용서로 가고 있어요.ㅎㅎ 소중한 저 자신을 위해 버릴 것은 과감히 버릴 줄도 알아야 하고, 새로운 것들을 접하면서 또 이렇게 성장해 나가려고요. 좋은 사람의 좋은 점을 배우고 나쁜 사람의 나쁜 점을 배우지 않겠다는 것을 또 배우며 잘 이겨낼게요.

**상담자** 네, 자신을 진단하게 되고 알게 되지요.

**내담자** 몇 년 동안 당했던 일들이 하루아침에 괜찮아질 리는 없겠지만 더한 일들도 이겨냈으니 곧 괜찮아질 거예요.

**상담자** 네, 믿습니다. 늘 응원하고 언제든지 도움 드릴게요. 부담 갖지 말고 고민하지말고 힘들 때 빨리 연락해주세요.

**내담자** 네, 그럴게요. 교수님, 힘들 때 기쁠 때 수시로 시시콜콜……. ㅎㅎ 찾겠습니다. 화창한 날씨……, 봄이 오는 소리 들으며 유익한 시간 보내세요.

**상담자** 좋습니다. 늘 응원합니다.

비록 많은 사람들을 웃기더라도

한 사람에게 상처를 주는 말이라면 나쁜 말이다.

남에게 피해를 주지 않고

사람들을 즐겁게 해주는 사람은

훌륭하다고 칭찬받을 만하다.

−세르반테스


"핵폭탄을 맞은 것 같아요."

자살한 아내를 잃은 남편이 말했다. 남편은 20여 년을 함께 살아온 부부이자 한 가정의 엄마인 40대 후반의 아내를 자살로 잃었다. 얼마나 충격이었을까? 부부는 큰 싸움도 하지 않고 오손도손 잘 살아왔고 아내로서, 엄마로서 내조를 잘 했다고 했다. 그러나 최근 몇 년 전 아내가 직장생활하면서, 문제가 생기기 시작했다. 사회생활을 하면서 자연스럽게 알게 된 남자와 불륜관계를 맺게 된 것이었다.


성실한 남편은 가정적이고 집안 살림까지 하면서, 아내에게 활동비도 많이 주고, 아이들도 돌봐주었다. '꼬리가 길면 밟힌다.'라는 말대로 남편은 아내의 행동이 의심스러웠다. 여러 가지 행동들이 의심되어 증거를 확보하고 추적하여 아내에게 사실을 말하라고 추궁하였다. 분명한 증거도 있는데도 불구하고, 아내는 발뺌하며 죄를 진실로 뉘우치지 않고, 남편에게 진정한 용서를 구하지 않았다.

남편은 아내의 불륜에도 불구하고 진정한 용서를 구하면 받아주려고 했다고 한다. 처음 전화 상담은 거의 2시간 통화를 하며, 아내의 불륜 관련 내용을 쉼 없이 털어놓았다. 자살 충동까지 느낄 정도로 남편은 심한 상태였다. 유가족 상담은 정말 에너지가 소진(burn out)되고 힘이 빠진다.

남편에게서 이틀이 멀다 하고 전화가 왔다. 아내에 대한 그리움, 원망, 분노, 미움, 불쌍함 등 감정이 뒤섞여 있어 자신의 감정이 알 수 없다고 하였다. 감정이 정리되지 않고 있고 복잡하다고 하였다. 충분히 이해하고 공감해주었다. 장시간 통화는 계속되었다. 잠을 이루지 못하고, 아내의 사진을 보게 되고, 여러 생각과 감정이 뒤섞여 힘들어하였다.

전화 상담을 하는데도 너무 힘들다고 하면서, 직접 멀리 지방으로 와 달라고 부탁했다. 선뜻 알았다고 하고 달려갔다. 남편을 직접 만나 대면 상담을 하였다. 전화 상담 내용과 같이 연신 감정을 표출하면서 상담이 진행되었다. 온종일 그의 말을 들어주고, 그동안 쌓인 핵심감정들을 표출하도록 도움을 주었다. 너무 힘든 상담이었다. 그래도 도움이 되길 바라는 마음이었다.

처음 전화 상담을 하고 나서 두 달이 지날 무렵, 남편은 이젠 감정이 정리된다고 했다.

애도 과정을 충분히 다루어주었고, 남편의 마음을 충분히 공감해주고 같은 편이 되어주었다. 분명히 아내가 잘못되었고, 너무 죄책감을 느끼지 말라고 하였다. 남편은 아내가 자살 직전에 한 징후에 대해 자신의 잘못이라고 생각했는데 "○○님 잘못이 아니에요."라고 위로해주었다. 아내는 남편과 다투고 자살 직전에 "아파트 다 필요 없어, 당신 다 가져."라고 하였다. 남편이 차츰 안정을 찾으면서 했던 말이 지금도 생생히 떠오른다. "불륜으로 인한 아내의 자살은 정말 핵폭탄은 맞은 것 같아요."라고 하였다. 얼마나 힘들었으면 핵폭탄을 맞은 것과 같은 충격이었을까?

아내와 자식들에게 잘 하고 가정적인 착한 남편은 너무 충격이 컸을 것이다. 남편인 유가족 상담은 전화 상담 12회기, 면접상담을 통해 충분히 감정을 다루었고, 최근에는 안정적으로 사업을 하고 있다. 긴 터널을 뚫고 이제 세상으로 나온 것이다.

자살유가족은 75%가 우울증, 불면증 무기력에 시달린다. 보건복지부에서 유가족 현황을 연구한 자료에 의하면 75%가 우울 및 의욕저하, 69.4%가 불면증, 불안 및 분노 등의 정신적 고통을 호소하였다.

신체적 고통으로 호흡곤란이 59.7%, 두통이 56.9% 등 어려움을 겪었다. 43%는 "진지하게 자살을 생각했다"라고 하였고, 5명 중 2명이 진지하게 자살을 생각하였고, 가족과 대화가 단절되었다.

일반인보다 자살유가족은 자살 위험이 8배 높고 우울증은 7배 높다고 보고되고 있다. 유가족들에게 가장 많은 감정은 '죄책감'이다. 떠나보낸 사람에 대해 미안하고, 죄송한 마음인 죄책감이 몸도 마음도 병든다. 보건복지부에서 펴낸 "어떻게들 살고 계십니까?"에서 사랑하는 이들을 떠나보낸 가족들은 죄책감과 후회, 고통으로 점철된 '이후의 삶'을 증언하였다.

출처 : 통계청 자료

## 자살유가족이 겪은 어려움 현황(단위: %, 중복응답)

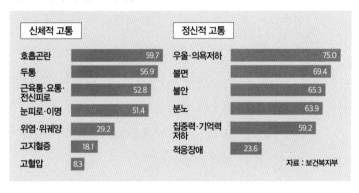

| 신체적 고통 | |
|---|---|
| 호흡곤란 | 59.7 |
| 두통 | 56.9 |
| 근육통·요통·전신피로 | 52.8 |
| 눈피로·이명 | 51.4 |
| 위염·위궤양 | 29.2 |
| 고지혈증 | 18.1 |
| 고혈압 | 8.3 |

| 정신적 고통 | |
|---|---|
| 우울·의욕저하 | 75.0 |
| 불면 | 69.4 |
| 불안 | 65.3 |
| 분노 | 63.9 |
| 집중력·기억력 저하 | 59.2 |
| 적응장애 | 23.6 |

자료 : 보건복지부

## 자살사망자 추이(단위: 명)

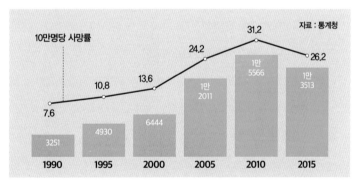

자료 : 통계청

10만명당 사망률

| 연도 | 사망률 | 사망자수 |
|---|---|---|
| 1990 | 7.6 | 3251 |
| 1995 | 10.8 | 4930 |
| 2000 | 13.6 | 6444 |
| 2005 | 24.2 | 1만 2011 |
| 2010 | 31.2 | 1만 5566 |
| 2015 | 26.2 | 1만 3513 |

나의 어머니에게,

어머니는 열일곱 살 때 자신의 어머니가 돌아가셨다.

하지만 그 죽음을 전혀 애도하지 못했다는 사실을

여든세 살이 되어서야 깨달으셨다.

– 에블린 비손 죄프루아

'애도'는 치유의 과정이다. 소중한 존재를 잃어버리고 나면, 옆에서 함께 해주는 사람이 있든 없든 우리의 아픔과 괴로움의 크기는 아마 똑같을 것이다. 우리는 자주 '눈물의 바다'에 빠져들어 간다. 혼자 숨어서 우는 것은 치유 효과가 없기에 정신적 고통이 신체적 증상으로 나타나는 것을 막지 못한다. 애도 작업을 철저히 하고 나야만 비로소 우리는 곪은 상처를 짜낼 수 있고 상처는 서서히 아물기 시작한다.

출처 : 「차마 울지 못한 당신을 위하여」 저자 안 안셀렘 슈창베르제, 에블린 비손 죄프루아

# 울리는 남자 '여자의 눈물'

사람의 감정 표현이 눈물이다. 이 눈물에는 기쁨의 눈물과 슬픔의 눈물이 있다. 너무 기뻐서 흘리는 눈물이 있고 너무 슬퍼서 흘리는 눈물이 있다. 남자와 여자 중 누가 더 잘 울까? 당연히 여자가 남자에 비해 잘 운다. 그러면 남자는 눈물을 잘 참고 여자는 눈물을 잘 참지 못하는 것일까?

필자는 심리상담 전문가로 상담하면서 여자의 눈물을 자주 본다. 마음속 상처가 아파서 찾아오는 사람도 남자보다 여자들이 더 많다. 그러니 여자의 눈물을 자주 보는 게 어쩜 당연한 것인지도 모르겠다. 그러면 남자들은 마음이 아프지 않은 걸까? 그렇지 않다. 단지 상담을 꺼릴 뿐이다. 그래서 대부분 상담 현장에는 여성분들이 많다.

예전에 만났던 20대 여성 역시 상담 중 눈물을 보였다. 우수한 성적으로 대학을 졸업하고 영어 능력도 탁월한 그녀는 외국계 회사에 다녔다. 집안도 괜찮은데 무슨 사연으로 눈물을 흘릴까? 우울증 검사 결과 우울 지수도 높고 자살 생각도 있는 여성이었다. 어린 시절부터 늘 잘해야 한다는 생각과 완벽하고 남에게 피해를 주지 말아야 한다는 태도가 늘 있었다. 부모님으로부터 인정을 받고 잘하려고 늘 노력하며 성장했다. 나쁘지 않다고 볼 수 있다.

마음이 여리고 타인 중심, 남의 눈치를 보고 실수를 용납하지 않고 생각이 많다. 자신이 실수하면 용납이 안 되고 남이 자신에게 뭐라고 해도 너그럽고, 겉으로는 밝은 척, 괜찮은 척하다 보니 퇴근 후 지치고 힘들다고 했다. 그런데 이런 마음을 주변 사람들로부터 위로받지 못했다. 부모, 오빠 그 누구에게도 이런 심정을 말하지 못했다. 상담을 받으면서 속마음을 털어놓으니 연신 눈물이 흘렀다.

필자는 안쓰러운 마음이 들어 내담자를 위로해주고 공감해주었다. 지금까지는 착하게 살아왔지만 이제는 약간 허술하고, 실수도 할 수 있음을 인정하고, 남 눈치 보지 않고 뻔뻔해지기, 당당해지기를 실천과제로 주었다. 지금까지 살아온 삶을 쉽게 바꾸지 못하겠지만 조금씩 변화하길 바라는 마음이었다.

1시간을 상담하고 연신 속마음을 털어놓으며 흘리는 눈물은 그래도 속풀이가 된다. 처음 시작할 때와 상담을 마칠 때의 얼굴 표정이 달라져 있었다. 훨씬 편해 보였다. 카타르시스, 정화작용이 된 것이었다. "괜찮아요."라고 필자는 내담자를 응원해주었다.

> 눈물은 일종의 '독소 배출' 활동이다. 눈물은 불안을 조장하는 물질을 생성시키고 슬픔, 분노를 40% 감소시킨다.
>
> 출처 : 「내 몸 대청소」 저자 프레데릭 살드만

필자의 경우 여자의 눈물을 자주 보게 되니 사람들은 나에게 '여자 울리는 남자'라고 한다. 그럴 만도 하다. 그래도 괜찮다. 치료의 눈물이니까.

# 실패해도 괜찮아

"실패란, 좀 더 똑똑하게 다시 시작할 기회일 뿐이다."

– 헨리 포드

나에게 주는 최고의 선물 자존감(주디스 벨몬트 저) 책을 보면 '실패해도 괜찮다고 허락하기'내용을 참고해 본다. 마이클 조던, 에이브러햄 링컨, 월트 디즈니, 토머스 에디슨, 베이브 루스, 비틀즈, 오프라 윈프리, 리처드 브랜슨의 공통점은 무엇일까? 모두 유명인으로서 위대한 성공을 이루었다는 평가를 받는다.

그러나 이들은 모두 크게 실패한 경험이 있다. 만약 실패해서 괴롭다면 스스로를 괴롭히는 대신 자신을 더욱 굳건하게 만들라고 말해주고 싶다. 더 나은 사람이 되려고 하는데, 굳이 그렇게 오래 과거의 실패를 후회해야 할까? 당신은 또 다른 기회를 차지할 자격이 있다.

몇 년 전, 어느 재수생의 사례이다. 제법 공부를 잘했던 학생이었는데 성적점수가 좋지 못해 원하는 대학에 갈 수 없어서 재수를 하고 있다고 했다.

상담을 시작하자마자 "전 실패한 인간이에요"라고 말했다.

"아니 왜 그렇게 생각하세요?"라고 필자가 물었다.

"다른 학생들은 다 대학생이 되었는데 저만 재수생이에요."

"재수생이면 실패한 건가요?"라고 다시 물었다.

"일단 다른 친구들은 대학생이 되었는데 저는 재수를 하고 있으니 뒤처진 거잖아요."

"재수생이면 인생이 실패한 건가요? 그건 흑백논리3)예요. 나는 공고 출신이고 전문대 야간을 졸업했어요. 전문대 나오면 실패한 사람인가요?"

표정이 달라지더니 필자의 이야기를 진지하게 들었다.

"저는 전문대를 나왔지만, 학부 편입을 하였고 정말 제가 하고 싶은 심리상담 분야를 전문적으로 공부하고 싶어서 상담대학원 석사과정을 공부하여 지금 심리상담 전문가가 되었어요. 지금 친구들이 앞서가는 듯 보이지만 인생은 단거리 경기

3) 흑백논리(黑白論理): 모든 문제를 흑이 아니면 백, 선이 아니면 악이라는 방식의 두 가지로만 구분 하려는 논리를 말한다. 두 가지 극단 이외의 것을 인정하려 하지 않는 편협한 사고 논리

가 아니에요. 인생은 마라톤이에요. 언제 우리 학생이 그들을 추월할지 몰라요. 친구들이 대학생이고 학생이 재수생이라고 인생의 성공, 실패를 논하기에는 아직 몰라요. 중요한 것은 내가 정말 하고 싶은 분야를 공부하고 그 분야 전문가로 성장하는 거예요."

"고맙습니다. 열심히 하겠습니다."

학생은 용기를 얻은 듯 눈빛이 빛나고 있었다.


최근에 한 청년을 상담한 적이 있었다. 키가 크고 미남인 청년은 군 생활을 하면서 상처를 받고 좌절하면서 우울증이 와서 군 병원에 입원한 경험이 있었다. 사회에 나와서도 자신감을 잃고 우울한 상태에서 자살 생각을 자주 했다. 상담하면서 자존감이 저하되어 있었고 우울증 점수(BDI)가 높은 편이었다. 친구들에 비해 인생이 실패하고 좌절된 상태라고 했다. 우선 잘 들어주고 힘든 심정을 잘 공감해주었다. 잘 생기고, 키도 크고, 멋진 청년으로 말도 잘했다. 이런 장점을 찾아주고 자존감 향상에 도움을 주었다. 현재 재학 중인 학교가 서울에서 알아주는 명문대학이 아닌 것에 대해 부끄러워했다. 게다가 전공학과도 썩 마음에 들어 하지 않았다.


이 청년은 우선 미래 꿈, 비전이 명확하지 않아 진로 지도에 중점을 두고 상담을 했다. 자신의 성격, 다른 사람의 이야기를 잘 들어주고 공감하는 능력이 있었다. 심리상담 분야에 관심을 보여서

숙제를 내주었다. 이 방식은 인지행동치료[4] 접근이었다. 부정적 생

4) 인지행동치료 cognitive behavior Therapy : 사고·신념·가치 등의 인지적 측면과 동시에 구체적으로 나타난 정신신체 행동의 측면에 관련된 개념·원리·이론을 체계적으로 통합하여 부적응행동을 치료하는 정신치료

각을 긍정적으로 바꿔주는 행동실천과제를 주었다. 대부분 청소년, 청년들이 한번 좌절하면 "인생이 끝났다.", "나는 실패한 인생이에요."라고 말한다. 그들의 인생은 아직 멀었는데 인생을 들먹거린다. 인생의 한 점에 불과한데도 말이다. 그래서 종종 인생의 그래프를 그려보라고 한다.

인생 그래프를 보면서 "지금 20대인데 100세로 펼친 그래프를 그리고 오르막, 내리막이 있지만, 또 오르면 된다"라고 설명했다. 이젠 오르막을 위해 어떤 꿈과 비전을 가질까요? 라고 말하면서 노동부 워크넷 검색 후 하고 싶은 직업을 10개 이내로 적어오라고 과제를 내주었다. 몇 개의 직업을 선택해서 진로 탐색을 하였다.

1주일 뒤 구체적인 직업이 결정되었다. 본인이 꼭 해보고 싶다고 하면서 자신감을 가졌다. 자신의 구체적인 계획을 설계해서 가져왔다. 학부 편입, 대학원 진학, 석사/박사 취득, 심리상담 전문가로 성장하는 등 연도별 구체적인 계획이었다. 놀라웠다. 이렇게 구체적인 계획을 세워오다니, 칭찬해 주었다.

처음 상담(1회기)할 때와 5회기 상담이 종료되면서 우울증 검사도 낮아졌고 자살척도도 5에서 2 정도로 좋아졌다. 실패한 사람이라고

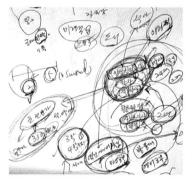

청년이 직접 그린 인생 그래프

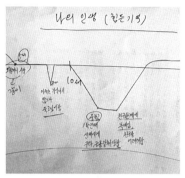

작가의 진로 탐색 노트

생각했던 청년이 이제 다시 할 수 있다는 자신감을 가졌다. 꿈과 비전이 이만큼 중요하다.

"할 수 있어요. 늘 응원할게요. 좋은 소식 있으면 전해 주세요."라고 하며 상담을 마무리하였다.

- 1932년 베이브 루스는 그 시즌의 홈런 기록을 세우기도 했지만 가장 많은 스트라이크 아웃 기록도 세웠다.

- 마이클 조던은 고등학교 시절 학교 농구팀에서 쫓겨난 경험이 있다.

- 오프라 윈프리는 방송 리포터로 일했는데 해고당했다. 너무 감정적이라 방송에 적합하지 않다는 말까지 들었다.

– 월트 디즈니는 창의적이지 않다는 이유로 22세에 신문사에서 쫓겨났다.

– 비틀즈는 1962년 데카 레코드사와 전속 계약을 맺을 수 없다고 거절당했다.

– 에이브러햄 링컨은 연속해서 실패를 겪었다. 가족이 경영하던 농장을 잃었고, 대위에서 이등병으로 강등되었으며, 매점 점원으로도 성공하지 못했다. 하원 의원 선거, 상원 의원 선거, 부통령 선거에서도 여러 번 쓴맛을 봤다.

– 리처드 브랜슨은 버진 레코드와 버진 항공을 창립한 억만장자이다. 하지만 버진 콜라, 버진 자동차, 버진 디지털과 버진 브라이드에서 수십억 원, 아니 수천억 원을 손해 봤다.

– 토머스 에디슨은 회사에서 2번 잘렸고, 전구를 만들기까지 1,000번에 달하는 실패를 겪었다.

> 우리의 가장 큰 자랑거리는 넘어지지 않는다는 사실이 아니라
> 우리가 넘어질 때마다 다시 일어날 줄 안다는 사실이다.
>
> – 공자

# 괜찮은 척, 안 아픈 척,
# 행복한 척하지 마세요

가끔 보면 사람들은 즐거운 척, 행복한 척 등 ~인 척하는 경우가 있다. 분명 아픈 분인데 볼 때마다 밝게 웃는 분이 있었다. '어떻게 저렇게 밝게 웃지? 많이 회복되셨나?'라는 생각이 들었다. 알고 보니 아파서 몸을 가누지 못하고 넘어질 정도인데 늘 안 아픈 척 밝게 웃고 있다.

우울증이 있고 자살 생각이 있는 젊은 여성도 처음 상담을 할 때는 밝게 웃으며 명랑한 표정이다. 말도 많고 밝게 웃었다. 어느 정도 시간이 지나 "요즘 힘드신 게 있나요?"라고 물으면 그때부터 웃지 않고 진지하게 말하기 시작했다. 어느새 눈가에 눈물이 맺혔다. 그리고 "많이 힘들어요. 남들 눈치를 너무 봐요. 내가 다른 사람에게 조금의 실수도 용납이 안 돼요. 실수하면 안 돼요. 완벽해야 해요. 그러니 얼마나 힘들까요?"라고 말하며 엉엉 울었다.

"이젠 실수해도 돼요. 너무 남의 눈치 보지 말아요. 허술하게 살아요. 너무 완벽하지 않아도 돼요. 누구나 인간은 완벽하지 않아요. 실수하고 살지요. 괜찮아요. 힘들면 힘들다고 솔직하게 말하세요. 애써 밝은 척, 괜찮은 척하지 말아요."

겉으로는 타인들에게 밝은 모습을 보이지만 내면은 힘들고 우울하고 자살을 생각하고 있다. 겉과 속이 다른 것이다.

SNS를 보면 모두가 예쁘고 즐겁고 행복해 보인다. 예쁜 포즈, 밝은 포즈, 행복한 포즈를 취한다. 그런데 정말 그렇게 밝고 행복할까? 내면까지……. 보이는 게 전부가 아니다. 마치 즐거운 척, 행복한 척하는 것이다.

이젠 자신에게 솔직해지자. 남의 눈치를 보지 말자. '타인 중심'에서 '나 중심'으로 가져오자. 힘들면 힘들다고 말하고, 아프면 아프다고 말하자. 표정도 솔직하게 보여주자.

밝고 행복해 보이는 가면(페르소나)을 벗어 버리는 것이 좋다.

# 자기주장을 하지 못해
# 힘들어하는 사람들

「자존감의 여섯 기둥」의 저자 나다니엘 브랜든은 자기주장은 자신을 존중하겠다는 의지이다. 자기주장은 자신의 바람과 욕구와 가치를 존중하고, 현실에서 그것들을 드러낼 적절한 방법을 찾는 것이다. 자기주장의 반대는, 영원히 지속될 지하 세계에 자기 자신을 맡기는 소심함에 굴복하는 것이다. 그 지하 세계에는 자신이 감추었거나 이루지 못한 모든 것이 있다. 자기주장은 호전적인 태도나 부적절한 공격성을 뜻하지 않는다. 맨 앞에서 밀고 나가거나 타인을 넘어뜨리는 행동도 아니다. 자기주장을 실천한다는 것은 진실하게 사는 것이다. "자기주장은 자존감의 기초이자 표현이다."라고 강조하였다.

출처 : 「자존감의 여섯 기둥」의 저자 나다니엘 브랜든

우리나라 사람들은 자기 의견, 자기주장을 잘하지 못하는 편이다. 요즘 학생들은 자기 발표나 의견을 잘 표현하는 것을 학교 현장에서 종종 볼 수 있다. 하지만 기성세대들의 경우 어릴 때 자기의 의견을 말할 권리도 없이 살아왔다. 그 시절에는 무조건 복종 문화였다.

선생님의 말씀은 감히 거역할 수 없었고, 주입식 교육으로 지금과 같은 자신의 의견이나 생각을 적극적으로 표현하는 토론문화가 아니었다. 군대 역시 수직적이고 명령에 복종해야 하는 조직이었다. 가부장적 문화, 수직적 문화 속에서 어른들이 말하면 무조건 말잘 들어야 했다.

이러한 문화로 인해 많은 사람들이 자신의 의견을 말하지 못하고 살아왔고, 복종하는 것에 익숙해져 있다. "말하지 않고 가만히 있으면 중간은 간다.", "괜히 말해서 피해 보지 말라."라고 배워왔던 것이다. 상담을 하다 보면 피해자로서 마음의 상처를 받고 있으면서도 상대방에게 정확하게 "왜 그러냐?"라며 당당하게 하고 싶은 말을 하지 못 한다. 지나고 나서, 그 당시 "말할 걸……"하고 후회한다.

일 년 전 한 직장인 남자를 상담한 적이 있었다. 회사에서 근무하고 있는데, 과장이 다른 사람들에게는 업무 지적을 하지 않는데,

본인에게만 혼내고 일도 많이 시켜 야근까지 한다고 했다.

"'○○ 대리, 업무를 빨리빨리 못하냐? 굼벵이처럼…….' 가끔 제가 표적이 되어 다른 사람들 혼날 것까지 시범 케이스로 혼나는 것 같아요. 저만 만만히 보는 것 같아요."

"아 그렇군요. 그럼 너무 부당하다고 정중히 말한 적은 있나요?"

"없어요. 혼날까 봐 두렵습니다."

그 남자 말처럼 만만히 보여서 그럴 수도 있고, 전체를 혼내기 위해서 한 명을 대표로 윽박지르는 경우도 있다.


그래서 자기주장 훈련을 했다. 자신의 업무 분야와 관련되지 않는 일을 시킨다거나, 야근을 시킬 경우, 부당한 업무에 대해 상사에게 자신의 의견을 말하라고 했다. 상담실에서 역할연습(role play)을 하였다. 직장에서 오랜 기간 그렇게 힘들고 마음의 상처가 되어 직장을 그만두고 싶고, 자살 생각까지 들 정도이면서, 참으면 안 되는 것이다. 자신의 의견을 분명히 상사에게 말해야 한다. 그 후 예전보다 표정이 밝아져 있었다.

"정중하게 과장님께 말씀을 드리니 인정을 해주시고 부담을 줄여주었습니다. 정말 고맙습니다."라고 말했다.


얼마 전에 상담했던 여성의 사례도 상대방이 잘못된 행동을 했는데도 한마디 말도 못 하고 마음의 상처를 받았다고 했다. A 라는 사람이 본인을 요청하여 지방으로 와 달라고 부탁하니 거절하지도 못하고 먼 길을 달려갔다. 요청한 사람이 숙박을 제공할 줄 알았는데, 그게 아니고 본인이 부담하였다. 거기까지는 서운했지만 그냥 넘어갔는데, 다음날 같이 만나기로 한 약속 시각에 A라는 사람이 나타나지 않았다. A라는 사람은 4시간 후에 다시 만나자고 하였다. 이 여성은 화가 났다. 아니 나를 오라고 해놓고 숙박 제공도 없고, 약속 시각도 지키지 않았으니 화가 날만 했다. 그래서 그냥 서울로 되돌아 왔다.

"정말 A 라는 사람은 기본이 안 된 사람이네요. 얼마나 화가 나셨을까요?"

충분히 공감해주었다. 잘 경청해주니 화가 나고 속상한 사연을 풀어놓았다.

이분도 자기주장 훈련이 필요하였다.

"처음에 숙박 제공에 관해 물어보았어야 했어요. 숙박은 본인이 부담했다고 해도 둘째로 약속 시각에 늦었다면 바로 전화했어야지요. '○○님 약속 시각이 되었는데 안 오시나요? 무슨 일이 있나요?' 물어봐야 하고, 4시간 뒤로 미룬다는 것에 대해 지적을 해야 합니다."라고 말해주었다.

앞의 나온 청년의 사례처럼 만만히 보는 걸 수도 있다. 기본 예의에 어긋나는 것임을 알려 주어야 한다.

지금까지 A라는 사람은 이 여성에 대해 그래도 되는구나! 라고 볼 수도 있다. 자기주장, 자신의 의견을 상황이 있을 때, 바로 말해야 한다. 그 당시에는 말도 못하고, 스스로 힘들어하며 한참이 지나서도 말 못 하는 모습을 보니 안타까운 마음이 들었다.

이젠 이런 경우 더 마음의 상처를 받지 말고, 그때그때 말하라고 당부하였다. 착하고 모든 걸 베풀고 잘 해주면서도 상대방의 잘못된 언어나 행동에 반박도 못 하고, 혼자 마음의 상처를 받고 힘들어 해서는 안 된다. 자기가 자기 자신을 지키고 상처받지 말고 보호해야 한다. 자신을 존중하는 것이 자기주장이다.

# 애가 죽었어요

자살위기 상담 전화를 받아보면 여러 사연이 있다. 사람들에게 있을 수 있는 여러 문제와 상황에 대해 상담을 하게 된다.

한번은 한 여성이 울먹이며 전화를 했다.

"애가 죽었어요. 우리 애가 죽었어요."

"아니 애가 죽었다고요? 아…, 얼마나 마음이 아플지, 얼마나 슬플지, 어떻게 위로를 해드려야 할지 모르겠어요."

울먹거리는 여성에게 아이가 남자인지 여자인지, 몇 살인지 등 자세히 물었다.

"애는 이름은 향기고 여자이고요. 3살이에요."

여기에서 '애'는 애완견을 말하는 것이다. 웃긴 상담이지만 '사람이 아니라 다행이다'라는 생각이 들었다.

"부탁이 있는데요, 향기랑 같이 가고 싶어요. 향기 옆에 묻어주세요. 죽고 싶어요."

애완견을 자식처럼 생각하며 함께 살아왔으니 얼마나 상실감이 클까? 충분히 공감되었다.

자식을 잃은 것이 아니라 애완견의 죽음이라는 것을 알았지만, 그래도 자식의 죽음처럼 똑같이 진정성 있게 상담을 해주었다. 향기와 정이 들었던 경험에 대한 대화를 나누고, 이젠 하늘나라로 갈 수밖에 없다는 것을 인정하게 해주었다. 애착 관계에서 이별, 분리 작업을 해주었다. 향기와 같이 갈 수 없음을 깨닫게 해주고 명복을 빌어주라고 하였다. 상실감으로 허전한 삶이 되고 늘 향기가 생각 나고 그리워하겠지만 천천히 현실을 인정하고 적응해 가야한다고 말했다.

최근 들어 자살유가족 상담을 해보면서 애완견을 잃은 사람들 심리 또한 같은 마음일 것라는 생각이 들었다. 살아있을 때 잘해주지 못한 아쉬움, 죄책감, 죄의식이 주된 감정이다.

상담하면서 그런 유가족들에게 "너무 미안해하지 마세요.", "모든 게 당신의 잘못은 아닙니다.", "죄인이라고 생각하지 마세요."라고 말해 주고 위로해준다.

애완견을 잃은 이 여성도 1시간 동안 상담을 진행하면서 애도 과정을 충분히 경험하여 슬픈 과정이 지나 차츰 안정을 찾았다. 마음을 추스르고 기분전환을 위해 여행을 권하였다. 필요하다면 새로운 애완견을 키워보는 것도 좋다고 하였다.

중요한 사람(부모, 형제, 자식 등)이나 반려동물(개, 고양이 등)이 죽게 되면 자칫 따라서 자살(Suicide Cluster)5) 하려는 심리가 있어 관심을 가져야 한다.

5) 자살 클러스터(따라서 자살) : 자신이 좋아하는 연예인이 자살하면 자신도 따라 자살하고 싶은 심리가 있어 베르테르 효과, 모방 자살이 증가한다. 언론 매스컴에 보도된 자살은 보호 요인이 없는 상태에서 취약하거나 추측할 수 있는 사람에 의한 다음 자살로 이어지는 자살 방아쇠(trigger) 역할을 한다.

중요한 사람을 잃었을 때 상실감은 크다. 즉 부모님, 자식의 죽음, 이혼 등 충격 강도가 크다. 미국에서는 가장 큰 충격 강도는 배우자의 죽음(100)이라고 보고 있다. 우리나라에서는 배우자의 죽음보다 더 큰 충격은 자식의 죽음(100)이다.

미국의 홈스와 레어는 '스트레스 도표'(위기충격평가 척도)에서 배우자의 죽음(100), 이혼(73), 전학(20) 등 일상에서 경험 충격을 지수화하였다. 1년 동안 어떤 충격의 경험을 했는지를 종합해서 150~199점은 경미한 위기, 200~299점은 견딜만한 위기, 300점 위기는 심각한 위기로 분류하였다.

반려동물 인구 1,500만 시대로 대한민국 전국 가구의 4분의 1인 약 26.4%가량인 591만 가구가 반려동물을 기르고 있다. 그러니 가족이나 친구와 같이 생각할 정도다. 요즘 길거리를 돌아다녀 보면 몇 발자국 가다 반려견을 만날 수 있다. 그러다 보니 애완견을 잃은 슬픔, 상실감이 커서 상담 요청도 많아지고 있다.

애완견을 잃은 상실감, 즉 펫로스 증후군(Pet Loss Syndrome)[6]은 전문상담이 필요하다. 반려동물을 잃은 고통은 자식을 잃은 고통과 맞먹는다고 했다.

「인간과 개, 고양이의 관계 심리학」의 저자 세르주 치코티는 반려동물이 죽었을 때 "남자들은 가까운 친구를 잃었을 때와 같은, 여자들은 자녀를 잃었을 때와 같은 고통을 느낀다."라고 말했다. 반려동물의 경우 무조건적인 사랑의 대상이므로 반려인은 반려동물에게 자신의 감정을 쉽게 드러내고 공유하게 된다. 생활패턴 또한 반려동물 중심으로 바꾸고 그들에게 부모의 역할을 자처하게 된다.

> 6) 펫로스 증후군(Pet Loss Syndrome): 가족처럼 사랑하는 반려동물이 죽은 뒤에 경험하는 상실감과 우울 증상을 말한다. 주로 나타나는 증상으로는 잘 돌보지 못했다는 죄책감, 반려동물의 죽음 자체에 대한 부정, 반려동물의 죽음의 원인(질병, 사고)에 대한 분노, 그리고 슬픔의 결과로 오는 우울증 등이 있다.

따라서 반려동물과의 이별은 자녀와의 이별과 동일하게 느껴질 수 있고, 반려동물의 죽음을 자신의 탓으로 돌릴 수도 있다. 즉, 반려인에게 반려동물의 죽음은 관계의 상실을 의미한다. 반려동물을 잃은 슬픔에서 3~6개월이 지나도 벗어나지 못하고 일상생활에 지장을 받을 정도라면 전문적인 치료가 필요하다.

농담이지만, 애완견 서열이 아버지보다 남편보다 높다는 말도 있다. 웃을 수도 울 수도 없는 이야기이다. 애완견 전문상담사들도 필요하지 않을까? 애완견 장례식, 장례용품, 묘지 등 인기가 높다고 한다. 아무튼, 필자는 "애가 죽었다"라는 말에 순진하게 어린 자식이 죽음을 맞이했다고 생각해 깜짝 놀라 상담을 진행하였다. 나중에 반려견인 것을 알았다. 꽤 오래 지나도 이 상담사례는 잊혀지지 않는다.

**Part 03**

<u>스스로</u> 죽고 싶어 하는
사람들에게 필요한 것은?

"힘들어 하는 사람들에게는
진심으로 관심을 갖고,
눈을 마주치고 말을 걸어주면 좋겠어요.
그리고 잘 들어주세요."

# "괜찮아요?"이 한마디가
# 생명을 살릴 수 있다

힘들어 보이는 누군가에게 "괜찮아요?"라고 물어봐 주세요. 관심을 두고 괜찮은지 질문해준다면 한 생명을 살릴 수 있습니다.

"괜찮아요?"(Are you OK?)이 말 한마디로 투신자살을 시도하던 남성을 구한 아일랜드 소년 제이미 해링턴(16). 몇 개월 전, 제이미는 음료수를 사러 가던 길에 하페니교라는 이름의 다리를 건너고 있었다. 그때 그는 다리 난간 너머에 30대로 보이는 한 남성이 앉아있는 것을 목격했다.

제이미는 "위험하다는 생각에 '괜찮아요?'(Are you OK?)라고 말을 걸었다."면서 "그는 아무 말도 없었지만, 눈물을 흘리고 있었고 그 눈을 보면 괜찮지 않다는 것을 즉시 알 수 있었다."라고 회상했다. 이후 제이미는 자살을 시도하려는 남성을 끈질기게 설득하는 등 계속 대화를 시도했다. 그리고 마침내 남성은 다리 안쪽으로 다시 들어왔다. 이후 두 사람은 강변에 앉아 45분 정도 이야기를 나눴다.

제이미는 그런 남성을 혼자 내버려 둘 수 없다는 생각에 구급차를 부르려 했다고 말했다. 그러자 그 남성은 "난 괜찮으니 제발 구급차는 부르지 말아 달라."고 계속 말했고, 그런 남성의 말에 제이미는 "이대로 당신은 혼자 두면 걱정돼 잠 못 이룬다."라고 말하며 설득해 결국 구급차를 부를 수 있었다고 밝혔다. 이때 그 남성은 제이미에게 연락처를 남기고 병원으로 이송됐다. 그렇게 두 사람의 인연은 끝나는 듯했다. 그런데 3개월 전쯤 자살을 시도했던 남성으로부터 문자 메시지로 연락이 왔다고 했다. 문자 내용은 "아내가 임신했고 아들임을 알게 됐다."라면서 "우리는 아들을 '제이미'라고 부르기로 했다."라고 적혀 있었다.

출처 : 서울신문 2015. 8. 8.

언젠가 필자에게 전화 한 통이 걸려왔다. 받으려고 하니 끊어졌다. 이상하다 싶어 다시 발신자 전화번호를 눌렀다. 한 중년의 남자가 전화를 받았다. "괜찮으세요?" 잠시 말이 없다가 한마디 했다. 참고로 위기전화가 오다가 끊어지는 경우 다시 발신자 전화를 눌러 통화하는것이 좋다. 자살은 순간이다.

"사실은 수면제 여러 알을 털어 넣으려 했어요. 그래도 전화를 주시네요"라고 남성은 힘없이 말하였다.

"죽는 마당에 누군가에게 전화해서 무슨 소용이 있을까 생각이 들어 끊었어요. "

"아, 정말 다행이네요. 많이 힘이 드셨나 봅니다."

최근의 하는 일이 잘 안되어 부채가 늘어가고 심적 부담이 많았다면서, 자신의 문제를 털어놓았다. 얼마나 중압감이 크고 걱정이 많았는지 충분히 공감해 주었다. 혼자 부담을 갖지 말고 아내, 부모님등 알려서 부채에 대해 해결방안을 찾아보라고 당부하였다. 부채에대해 누구에게도 말하지 않고 혼자 고민하다가 자살까지 하려 했던 것이다. 대안을 제시해 주고, 잘 들어주고 공감한것에 그 남성은 마음이 편안해졌다고 하였다. 당면한 문제가 바로 처리해 줄수는 없지만, 자살의 순간을 막았던 사례이다. 얼마 지나서 그 남성에게 소식이 왔다.

"선생님 조언대로 아내에게 상황을 설명했습니다. 감사하게도 장모님께서 도움을 주시게 되었습니다. 자칫 죽었을뻔했는데 선생님 덕분에 살수 있었습니다. 생명의 은인입니다. 정말 고맙습니다."

필자는 종종 생명존중 전문 강사 양성 교육을 하거나, 생명존중 교육을 할 때 하페니교에서 한 생명을 살린 제이미 사례를 들려준다. 전문교육을 받지 않고 나이가 비록 어리더라도 누구나 제이미처럼 관심을 갖고 힘겨운 사람에게 "괜찮으세요?"라고 물어봐 주라고 부탁한다. 늘 바쁜 일상이고 이기주의적 시대로 가고 있다고 하더라도 우리 이웃에 관한 관심만 있다면 한 생명을 살릴 수 있다. 힘드냐고 물어보는 것은 관심이요, 관심은 사랑이다.

이웃에 관한 관심과 사랑만 있다면 누구나 자살 예방에 동참할 수 있다. 옛날 시골 동네에서는 이웃에 관한 관심이 참 많았고 정감이 있었다. 길을 가다가도 "안녕하세요, 어르신 진지 드셨어요?"식사하셨는지 물어보는 것도, 굶지는 않았는지 잘 계신지 안부를 물어보는 것이다. "괜찮으세요?"와 같은 의미이다.

그러나 요즘은 거주문화도 바뀌고 이기주의적 문화로 변해가고 있다. 그래서 '고독사'라는 말도 종종 듣게 된다. 시신이 몇 달이나 지나 부패한 상태에서 발견되어 마음을 아프게 한다. 고독사와 자살을 예방하는 길은 이웃과 지인들에 대한 작은 관심이다. 요즘 코로나로 많이 힘들지는 않는지? 지인들에게 직접 만나지 않더라도 SNS나 전화로 가끔 안부를 물어봐 주는 것이 좋다.
"괜찮으세요?"

학교에서 생명존중 강의를 하는 상담 선생님에게 들은 사례다. 자살 충동이 있는 학생이 옥상에 올라가 있는데 상담 선생님이 전화해서 "괜찮니? 춥지 않아? 그렇구나! 내려와, 선생님이 라면 끓여

줄게"라고 하니, 학생은 "네"하고 내려왔다고 한다. 따뜻한 말 한마디가 학생의 마음을 움직인 사례이다.

필자의 거주지인 광진 경찰서 서장님은 늦은 시간 모 파출소에서 자살 충동이 있는 사람에게 다가가 "괜찮나요?"하면서 따뜻한 말 한마디를 건네면서 커피 한 잔과 컵라면을 끓여 주면서 무엇이 힘들었는지 물어보면서 잘 들어주고 공감해주었다고 한다. 눈물을 흘리면서 고맙다고 하며 앞으로 열심히 잘 살겠다고 한 사례를 전해 들었다.

"괜찮니?"는 보건복지부에서 자살 예방을 위한 슬로건으로 전 국민이 실천하자고 주장하는 운동이다. 이 글을 읽는 독자, 우리 모든 국민이 다 같이 실천하면 좋겠다.

우리의 생명은 소중하니까. '하나뿐인 소중한 생명'

우리 독자님들께 질문합니다.

"괜찮으세요?"

# 당신 잘못 아니에요,
# 괜찮아요

최근 한 여성과 전화 상담을 하였다.

**내담자**    사회에서 만난 언니가 얼마 전 자살을 했어요. 밝은 척해서 몰랐어요. 언니의 마음을 몰라서 너무 미안하고 죄책감이 들어요.

**상담자**    그건 잘 알아차리지 못해요. 당신 잘못이 아니에요.

**내담자**    지금도 살아서 전화가 올 것 같아요.

**상담자**    전화가 온다면 언니에게 어떤 말을 해주고 싶나요?

**내담자**    힘들고 어려우면 말하고 살아서 풀고 가야지. 살아서 해결하는 게 중요하지 자살은 아니라고…….

언니는 우울증이 있었지만 내색하지 않고 밝은 척, 힘들지 않은 척을 했다고 한다. 적어도 자신에게 조금이라고 힘들다고 왜 말하지 않았는지……. 힘든 걸 알아차리지 못해 죄책감이 크다고 했다.

내담자도 우울증 약을 복용하고 있는데 잘 치료해주던 의사 선생님에게 개인 사정이 생겨서 진료를 받지 못하게 되었다고 했다. 의사 선생님께 치료를 받지 못한 상실감도 느끼고 있었다.직장생활 하면서 밝은 척, 힘들지 않은 척해야 한다며 누구에게도 자신의 이런 힘든 사연을 말할 사람이 없다고 했다. 오늘 정말 힘들고 밤샐 것 같아 전화했다고 했다. 40여 분 전화 상담을 통해 충분히 공감해 주고 경청해주었다.

"당신의 잘못 아니에요. 괜찮아요. 이런 상황이라면 건강한 사람도 큰 충격으로 힘들 거예요. 그래도 ○○님은 전화 잘 하셨고, 대 견해요. 많이 울고 잘 풀어내어야 해요."라고 말해주었다.

잘 표현하지 못하고 울지 못하는 내담자.

"얼굴도 모르는 상담자님께서 잘 공감해주시고 잘 들어주셔서 마음이 아주 편해졌어요. 정말 고맙습니다."라며 상담을 마치며 감사 인사를 했다.

"언제든지 상담해 드릴게요. 편하게 잘 주무세요."

"괜찮아요."

내담자가 안정된 목소리로 감사의 마음을 전하니 필자도 마음이 편해졌다.

# 자살 징후를 알면
# 한 생명을 살릴 수 있다

"○○님 정말 많이 도와주었는데 신세만 지고…. 그동안 고마웠어요."

우리는 살아가면서 힘든 과정이 있고, 이럴 때 정말 힘들어 한 번쯤은 자살을 생각할 수 있다. 자살하는 사람들은 자신의 한계점에 도달했을 때 삶을 포기하려고 자살을 생각하게 된다. 내 능력의 한계가 왔다. 도저히 내가 감당할 수 없다고 스스로 판단하여 이젠 이 문제를 해결할 수 없다고 단정하여 자살을 생각하게 된다. 자살을 생각하는 사람들은 그럼 언제, 어떻게, 어디서 자살할까? 자살을 계획하게 된다.

자신이 정한 날짜가 다가오면 은연중 누군가에게 자살 관련 징후를 나타낸다. 첫째 언어적 징후, 둘째 행동적 징후, 셋째 정서적 징후이다.

첫째 언어적 징후는 말 그대로 말로써 자살하고 싶다는 것이다. 언어적 징후에는 직접적으로 말을 하는 경우와 간접적으로 말을 하는 경우가 있다. 직접적인 표현은 "요즘 죽고 싶다.", "요즘 자살하고 싶다."이다. 직접적인 징후는 누구나 쉽게 알 수 있다. 그런데 간접적인 징후는 잘 알지 못하는 경우가 있다. 그래서 간접적 징후에 관심을 더 가져야 한다.

"○○님 정말 많이 도와주었는데 신세만 지고…. 그동안 고마웠어요.", "나는 멀리 떠나기로 했어요", "나는 사라지는 게 나아.", "다 내려놓기로 했어.", "재산 다 가져. 난 필요 없어 졌어.", "○○은 행복해야 해."이별을 암시하는 말, 고마움을 표현하는 말을 통해 마지막 메시지를 간접적으로 주고 있다. 때로는 SNS에 글을 남기기도 한다.

둘째 행동적 징후에는 잠을 잘 자지 못하거나, 밥맛이 없고 체중이 감소한다. 구체적인 자살준비로 농약이나, 번개탄 등 자살할 준비를 한다. 친하게 지내는 사람에게 고마움, 미안함을 표현한다.

"그동안 고마웠어.", "미안해. 신세 많이 졌는데…."

셋째 정서적 징후에는 최근 눈물을 자주 보이거나 말이 없어지고 시무룩한 모습을 보인다. 어깨가 처지고 무기력하고 모임에 나오지 않고 사람들을 피하곤 한다. 우리는 살아가면서 '무언가 있는 것 같은데…'라는 예감이 든다. 무언가 거슬리거나 예전과 다른 표정, 행동을 보인다면 그것이 자살 징후다. 예감을 중요시하고 한번 물어와 줘야 한다.

"요즘 힘든 일 있는 거예요?"

최근 중앙자살예방센터에서는 자살로 사망한 사람들을 5년 동안 분석을 해보니 사전 징후를 93% 보였는데, 가족들은 81%가 몰랐다는 보고가 있었다.

| 구분 | 언어 | 행동 | 정서 |
|---|---|---|---|
| 경고신호 | - 죽음 언급("먼저 간다. 잘 있어")<br>- 자살방법 언급("총이 있다면…")<br>- 일기 등에 죽음 기재<br>- 망자에 대한 그리움 표현 | - 불면, 식욕, 체중 감소<br>- 구체적 준비(농약, 번개탄 구매)<br>- 죽음 관련 작품, 보도 몰입<br>- 평소와 달리 고마움, 미안함 표현 | - 감정 변화(잦은 눈물, 과묵해짐)<br>- 무기력, 대인기피, 외출 자제 |

**세부적인 내용 : 자살자의 행동 변화와 징후 표**(119p) **참조**
출처 : 중앙심리부검센터 자료(2012~2015년 151명 자살사망자 연구)

우리는 살아가면서 우리 주변 사람들에 대해, 자살에 대해 심각하게 생각하지 않는 경향이 있다. '설마 자살하겠어.' 너무 안이하게 생각하거나 무시하거나 회피하게 된다. '설마가 사람 잡는다.'는 말이 있다. 우리 가족과 친척, 지인들 모두 살아가다 보면 힘든 상황에 몰릴 수 있고 자살을 생각할 수도 있다.

우리나라는 OECD 국가 중 자살률 1위다. 하루에 38명이 스스로 목숨을 끊고 있고, 1년에 13,799명이 극단적 선택을 하고 있다. 이들은 대부분 자살 직전에 자살징후를 보였다. 그러나 우리 가족, 친척, 지인들은 대부분 몰랐다. 자살로 죽고 난 다음에 많은 사람이 후회한다. 그때 그 사인이 자살을 하려고 했던 건데……. 정말 후회가 된다고 말한다.

얼마 전 상담했던 사례를 제시하고자 한다. 40대 후반 여성이 자살로 사망하였는데 남편에게 자살하기 전날 전화로 "내 명의로 되어있는 아파트 가져, 나 필요 없어." 이렇게 언어적 징후를 보였다. 불륜 문제로 부부싸움이 잦았는데 남편은 피곤하고 그 말을 대수롭지 않게 생각했는데 다음 날 아내는 극단적 선택을 하였다. 남편은 유가족 심리상담을 하면서 많이 후회했다.

또 한 사례는 70대 할아버지가 큰아들에게 전화해서 부탁하였다. "○○야, 내 말 잘 들어라. 서랍에 보면 통장 하나와 도장이 있는데 비밀번호는 ****이다." 이렇게 아들에게 자신의 비상금 통장과 비밀번호를 알려주었는데 아들은 대수롭지 않게 생각하였다.

그다음 날 노인은 극단적 선택을 하여 생을 마감하였다. 아들은 바쁘고 별것 아닌 것처럼 생각하였고 뒤늦은 후회를 하였다.

세심한 관심이 한 생명을 살릴 수 있다. 분명 우리 주변에서는 자살을 생각하는 사람들이 있다. 우리의 가족이 될 수도 있고, 우리의 지인이 될 수 있다. 이런 언어적 징후, 행동적 징후, 정서적 징후를 보낼 때 우리는 도와주어야 한다. 그리고 전문기관에 연락만 해주면 도움을 줄 수 있고 한 사람을 살릴 수 있다. 대한민국 국민 누구나 징후를 알아차리고 현장에서 도움을 주는 생명 지킴이(Gate keeper)가 되어야 한다.

# 자살자의 행동 변화와 징후

| | |
|---|---|
| **자살 의사 표현** | – 주변 동료에게 농담 반, 진담 반으로 죽고 싶다고 표현<br>– 수첩, 노트 등에 삶을 비관하는 내용 기록<br>– 부모, 동료, 애인, 상관, 형제 등에게 유서<br>– 내가 죽어서라도 특정인을 후회(복수)하게 만들고 싶다고 말함<br>– 어떤 방법으로 죽으면 고통 없이 죽을 수 있는지 물음<br>　＊자살 방법에 대해 질문함 |
| **회피** | – 죽음 언급("먼저 간다. 잘 있어")<br>– 자살방법 언급("총이 있다면….")<br>– 일기 등에 죽음 기재<br>– 망자에 대한 그리움 표현 |
| **세상 비관** | – 말이 없어지고 대화를 회피한다.<br>– 매사 의욕이 없고 업무를 회피, 싫증을 느낌<br>– 고립되고 위축된 행동을 함 |
| **주변 정리** | – 사물함 정리, 빌린 돈을 갚는다.<br>– 가까운 친구와 차분한 대화, 귀중품을 나누어 준다.<br>– 몸치장을 하고 내복을 갈아입는다. |
| **의지력 약화** | – 매사에 흥미를 상실하고 자신감이 없어진다.<br>– 행동이나 표정이 밝지 않고 항상 우울하다.<br>– 죄책감이 심해진다.<br>– 식욕부진, 불면증이 있다.<br>– 식사하지 않거나 의욕이 없이 식사한다.<br>– 한밤중에 앉아있거나 초조해한다. |
| **기타** | – 갑자기 담배를 배워 피우는 등 평소와 다른 행동을 한다.<br>– 새벽에 잠을 이루지 못하고 뒤척거린다.<br>　＊갑작스럽게 평화로운 환자를 경계하라.<br>　(폭풍전야의 고요함에 주의하라.)<br>≫ 이미 자살을 결심하면 모든 것을 체념, 편안하고 안정적, 차분해 보임 |

# 질문만 잘해도
# 한 생명을 살릴 수 있다

　심리상담 전문가의 평가 기준은 내담자에게 질문을 잘하느냐 잘 하지 못하느냐에 달려 있다고 해도 과언이 아니다. 대한민국 자살 예방 프로그램인 '보고 듣고 말하기' 강사로 활동한 경험이 있다.

　먼저 '보기'단계는 자살을 암시하는 언어적, 행동적, 상황적 신호를 알아차리고 잘 보는 것이다. 언어적 신호는 죽고 싶다는 직접적 표현, 신체적 불면증 호소, 절망감과 죄책감, 감정의 변화이다. 행동적 신호는 자살을 준비하는 행동, 자해 흔적, 전에 없던 다른 행동들, 외모(외적)의 변화, 일상생활 능력의 저하를 들 수 있다. 상황적 신호는 극심한 스트레스, 만성질환, 신체적 장애, 질병, 인간관계에서 오는 상실이다.

청소년의 예를 들어보면 다음과 같다.

언어적 신호는 '학교에 가고 싶지 않아요, 학교가 지옥 같아요'

행동적 신호로는 '죽고 싶다', '사라지고 싶다'라는 내용을 쓰고 갑작스런 짜증, 어두운 표정, 친구들을 멀리하고 혼자 있고 싶어 한다. (대인기피 현상) 상황적 신호를 보면 최근 친구들로부터 왕따와 따돌림, 친구들의 폭력, 성적 저하 등을 들 수 있다.

직장인의 예를 들어보자.

언어적 신호는 '회사 생활이 정말 힘들다.', '죽고 싶다. 세상이 나보고 죽어라, 죽어라 하는데….'등이다. 행동적 신호는 최근 지각이 잦고 업무 능력이 저하되고, 동창 모임, 점심에 동료들과 어울리지 않고 혼자 있고 싶어 한다.(대인관계 회피) 술을 자주 마시게 되고 늦게 귀가한다. 상황적 신호는 직장상사의 고압적인 태도, 승진에서 연속 탈락, 대출이자가 연체되어 경제적인 어려움을 겪게 된다.

노인들의 예를 들어보자.

언어적 신호는 무언가 주고 싶어 하는 표현을 하고 최근 집안 살림 하기에 기력이 없다고 호소한다. 행동적 신호는 우울한 표정, 피곤하고 지쳐있는 모습, 가지고 있던 귀중품을 누군가에게 준다.(반지, 목걸이, 팔찌 등) 상황적 신호는 신체 기능의 저하에 대한 죄책감, 만성질환 등이다. '늘 아프고, 병원비가 많이 들어 자식들에게 짐만

되는 것 같아.'

다음은 '듣기'단계이다.

우리는 자살의 신호를 잘 관찰하고 식별하게 되면, 다음 단계는 이런 신호들이 정말 자살과 관련이 있는지 직접 확인해야 한다. 확인하는 확실한 방법은 신호를 보내는 사람에게 직접 물어보는 것이다. 정말 이런 신호들이 자살과 관련 있는지…. 그 사람은 답을 알고 있다.

상담자는 정말 자살 생각이 있는지 모르니 물어봐야 한다.

언어적, 행동적, 상황적 신호를 보이는 사람에게 "혹시 자살을 생각하고 있나요?" 또는 "최근 죽고 싶다는 생각을 하고 있나요?"라고 직접적으로 물어보면 된다.

만약에 어떤 학생이 말이 없어지고 노트에 "멀리 떠나고 싶다."라고 쓰여 있으면 "노트에 '멀리 떠나고 싶다'라고 기록되어 있는데 멀리 떠난다는 것은 무엇을 말하나요? 혹시 자살을 생각하고 있나요?"라고 질문하면 된다. 학생은 자살을 생각할 수도 있고 하지 않을 수도 있다. 질문하는 사람은 잘 모르기에 혹시 자살 생각을 하지 않아도 당황할 필요가 없다.

"아, 그렇군요. 다행이에요. 혹시 자살을 생각하는지 걱정이 되어 질문했어요."라고 침착하게 말하면 된다. 자살 생각이 있는지 직접 물어보는 것이 전문교육을 받지 않은 사람들에게는 두려울 수 있다.

친구나 아는 지인들에게 징후를 표현할 수도 있다. 청소년 시절 친하게 지냈던 친구가 오랜만에 연락이 와서 무언가 이별을 암시하는 말을 하는 예도 있다. "친구야, 네가 나 힘들 때 많이 도와주었는데…. 신세 많이 졌지…. 그동안 고마웠어…. 너는 행복해야 해."

직접 자살하겠다는 말은 하지 않았지만 무언가 이별을 암시하고 있다. 이 세상 마지막으로 친구에게 고마움을 표시하는 말이다. 자살에 대한 간접적 신호를 보낸 것이다. 이런 경우 어떻게 질문해야 할까? "아니 친구야, 너 나랑 이별하려고 하는 것 같아. 떠나려고 하는 것 같은데, 나 안 볼 거야? 혹시 자살을 생각하고 있는 거야?" 그 친구에 대한 정보를 어느 정도 알고 있는 경우(최근 남편과 불화, 경제적 어려움, 질병 등) 더 위험신호를 보낼 수 있다.

언젠가 생명존중 전문 강사 자격과정 교육 중 한 여성이 눈물을 흘리는 것을 목격했다. 모르는 척 강의를 계속 진행하고 쉬는 시간에 살짝 그 여성에게 다가가 무슨 사연이 있냐고 물었다. 그 여성은 1년 전 친구가 하늘나라로 갔다고 말하면서, 이 교육을 1년 전에만 들었어도 친구를 살릴 수 있었다고 하며 눈물을 보였다.

"맞아요. 친구는 자살하기 직전에 고마웠다."고 말했다고 했다.

친구의 마지막 말이 자살을 암시하는 말인 줄 몰랐다고……. 설마라고 생각했고, 대수롭지 않게 생각하고 넘어간 것이다. 그리고 다음 날 자살 소식을 전해 들었다고 했다. '설마가 사람 잡는다.'는 말 그대로를 실감하였던 것이다.

다음은 '말하기'단계이다. 말하기 단계는 안전점검 목록을 확인하고 전문가에게 도움을 의뢰해야 한다. 안전점검 목록은 자살시도 여부, 정신과 질환의 유무(우울증), 알코올 남용, 자살방법의 준비 여부와 구체성, 인적 네트워크 및 지지자원 여부를 확인해야 한다.

출처 : 보고 듣고 말하기 강사보수교육 교재(2014, 중앙자살예방센터) **참조**

# 나는 쓸모가 없어요

"나는 아무 가치가 없는 존재예요.", "쓸모가 없어요."

자살을 생각하는 사람들을 만나 보면 대부분 자기 자신에 대해서 아무 쓸모가 없다고 한다. 스스로 자신을 비하하거나 가치가 없다고 생각하는 것이다.

한 고등학생을 상담했던 경험이 있다. 외적인 모습은 준수해 보이고 괜찮아 보였다. 상담하다 보니 자신은 아무짝에도 쓸모가 없다고 했다. 공부도 못하고 잘하는 게 없고 자신의 반에서 다 자신을 좋아하지 않고 도움이 안 된다며 쓸모가 없다고 했다. 정말 그럴까? 그래서 자신의 장점 쓰기를 하였다. 아주 작은 것 하나라도 생각해서 10개 써보라고 했다.

"키가 크다", "잘생겼다", "운동을 잘한다.", "책을 좋아한다." 등등

자살의 보호요인[7]중에서 가장 중요한 것은 자신을 인정하는 자아존중감이 중요하다. 자신을 인정하고, 가치가 있다고 알아주고, 사랑해주는 것이다. 자신의 능력도 인정해 주는 것, 즉 자기 유능감이 있어야 한다. 자아존중감이 높은 사람들은 자살하라고 해도 안 한다. 자존감이 저하 되는 사람들이 자살의 위험요인이다.

"나는 아무짝에도 쓸모없어요."라는 말은 다른 말로 '무용지물[8](無用之物)'이다. 그러나 한 글자를 바꾸면 '무용지용'(無用之用)이라는 말이 된다. 무용지용은 쓸모없는 것이 오히려 큰 구실을 한다는 말이다. 이렇게 자신이 쓸모 있는 사람이라는 것을 알려주는 것이 중요하다.

상담했던 학생은 자신의 장점을 처음

7) 보호요인(출처 : 상담학 사전)
[protective factors , 保護要因] 아동 청소년의 문제행동의 발생 가능성을 감소시키거나 차단시켜 주는 것. 가정 내의 학대나 방임, 궁핍, 폭력과 같은 극단적인 요소들은 아동 청소년에게 문제행동을 유발하는 요소로 작용할 가능성이 많다. 이러한 요소들을 위험 요인이라 한다. 하지만 때로는 개인의 지각 및 신념, 부모의 지원 등이 다른 형태로 문제행동에 영향을 미친다. 이 때 위험요인에 대한 개인의 신념이나 주변인의 개입으로 문제행동의 발생 가능성을 감소시키거나 차단시켜 주는 요인을 보호요인이라고 한다. 이러 한 보호요인을 통하여 위험요인에 노출된 아동 청소년이 어려운 상황에 좀 더 유연하고 탄력적으로 적응해 나갈 수 있다. 이와 같은 현상을 회복력, 탄력성 또는 적응 유연성(resilience)이라고 부르기도 한다.

8) 무용지물[無用之物]
아무 소용이 없는 물건이나 쓸 만한 능력이 없는 사람을 가리키는 말로 존재만 할 뿐 용도가 없는, 값어치를 못하는 물건을 뜻한다.

에는 없다고 하였다. 가만히 생각해보면서 아주 사소한 것이라도 써보라고 하자, '착하다.', '나쁜 짓을 안 한다.', '친구들을 잘 도와준다.' 등등 시간이 지나자 한 줄, 두 줄 쓰더니 10개를 다 썼다.

왜 처음에는 아무짝에도 쓸모가 없다고 했느냐고 물어보았다.

"공부를 못해서요."

단순한 대답이었다.

"공부를 못하면 쓸모없는 거예요?"라고 내가 물었다.

학교에서나 부모님들이 늘 공부가 우선이다 보니 아이들은 공부를 못하면 낙오자처럼 자존감이 저하되고 쓸모없다고 생각하게 된다. 그러나 다방면으로 찾아보면 장점은 누구에게나 있다. 신이 누구에게나 달란트를 선물로 주었다. 자신은 잘 모를 수 있지만, 상담자 혹은 주변 사람들이 그 장점을 찾아주어야 한다.


학교에서 많은 학생들을 만날 때 한 사람 한 사람의 소중함을 늘 강조한다. 개인 명찰이 있기 때문에 이름을 불러준다.

"○○○은 전 지구촌 77억 인구 중에 단 한 명이야! 그럼 소중할까? 소중하지 않을까?"

"소중합니다."

"그래 소중한 사람이에요. 학생들을 만나면서 ○학년 ○반에서 누가 운동을 가장 잘하지요? 누가 노래를 가장 잘하지요? 누가 다른 친구들을 잘 도와주지요? 누가 글쓰기를 가장 잘하나요?"

이런 질문을 통해 각각의 재능 있는 친구들을 물어본다. 다양한 분야에서 누구나 가치가 있음을 학생들이 느끼게 하기 위해서이다.

장자9)에서 알 수 있듯이 산에서 많은 나무는 누가 잘나고 못나고 경쟁하지 않는다. 서로 다르면서 조화를 이룬다. 재목이 되는 나무들이 먼저 베어진다. 구부러지고 보잘것없어 보이는 나무들이 산을 지킨다. 재목이 될 만한 나무가 나쁘다는 것은 아니다. 모두가 각각의 쓰임새가 있고 가치가 있음을 말하고 싶다.

우리 사람들도 누구나 가치가 있고 쓸모가 있다. 학생들에게도 다양한 재능을 찾아 인정해 주고 자존감을 높여 주고 싶다. 자기 스스로 쓸모없고 가치 없다고 생각하는 학생들을 상담을 통해 쓸모 있고 가치 있는 존재임을 일깨워준다. 부정적으로 단정하고 자신을 비하하는 왜곡된 생각, 비합리적 생각을 긍정적이고 합리적 생각으로 바꿔주는 것이다.

학생들뿐만 아니라 성인, 노인 분들 모두가 소중한 사람들이다. 어르신들도 많이 만나보면 "살 만큼 살았지, 이젠 갈 때가 되었어.", "쓸모없지, 자식들에게 짐만 되고 있어." 자식들에게 부담이 되고 눈치 보고 짐만 된다고 생각하는 어르신들이 많다. 어르신들 상담을 하거나 강의에서 늘 어르신들에게 감사함을 전한다. 정말 과거

9) 장자(莊子): 장자가 산길을 가는데 가지와 잎이 무성한 큰 나무가 있었다. 보니 그 옆에 나무꾼이 있는데도 나무를 베려 하지 않아 그 까닭을 물으니 "아무짝에도 소용이 없기 때문에."라고 대답했다. 그러자 장자는 "이 나무는 좋지 못하기 때문에 그 타고난 수명을 다하게 되었다."라고 말했다.

어르신 분들 얼마나 고생하시고 우리나라를 위해 애쓰셨는지 우리는 알아야 한다. "미안해하지 마세요. 정말 고맙습니다.", "짐이 된다고 생각하지 마세요.", "어르신들 계셔만 주셔도 됩니다."라고 말씀드린다.

"'노인 한 명이 돌아가시면 도서관(박물관) 하나가 불탄 것과 같습니다' 어르신 한 분 한 분은 소중한 존재입니다.", "쓸모없다고 생각하지 마세요." 강의할 때 이런 내용을 존경하는 마음으로 힘주어 말하면 큰 박수를 보내주신다. 우리는 어르신들에게 감사해야 한다. 그분들이 있었기에 지금의 우리가 있는 것이다.

소년에서 노인에 이르기까지 우리는 모두 소중한 존재이다. 자기 자신을 소중히 생각하고, 자신의 가치를 인정해 주었으면 좋겠다.

책 「나는 죽을 때까지 재미있게 살고싶다」의 저자 이근후 교수는 "퇴임 후에는 여러분들이 나의 스승이 되어 많은 정보를 주기 바랍니다. 오늘부터 나의 제자가 아니라 나의 스승입니다. 가르치는 자리에서 물러나 배우겠습니다. 여러 선생님이 정성으로 가르쳐 주신다면 나도 쓸모 있는 늙은이가 될 것입니다."라고 말했다.

그의 책에 '쓸모없음을 아는 순간, 쓸모 있어진다.'라는 말이 있다. 자신의 '쓸모'를 발견할 줄 아는 것도 나이를 잘 먹는 것 중의

하나이다.

Q〉 생명을 경시하는 분들이 그래도 자신은 '쓸모' 있다고 느낄 수 있는 것은 무엇일까요? 왜 어떤 사람은 자아존중감과 자기 유능감이 있고, 어떤 사람은 없을까요?

A〉 우리는 귀중한 존재로 태어났다. 2019년 기준 우리나라 신생아는 30만 명이다. 사람이 태어날 확률은 보통 사정하면 정자가 2억에서 3억 마리 정도 배출된다고 한다.

그중에 단 한 마리만이 수정해서 임신이 된다. 그 한 마리조차도 수정이 안 될 가능성도 있다. 질 내 사정할 때에도 임신확률이 30% 밖에 되지 않는다고 한다. 유산 가능성도 있으니 우리가 태어날 확률은 0.00000001% 정도입니다. 우리의 생명은 정말 소중하다.

태어난 것 자체가 소중한 존재이며, 자기가 자신을 볼 때 남들과 비교해서 '쓸모없다', '가치가 없다'라고 생각하는데, 사실은 누구나 남들과 차별화된 장점과 달란트가 있다. 작은 것이라도 자신의 가치, 장점을 찾아 개발한다면 분명 쓸모가 있는 것이다.

지금까지 살아오면서 자신의 작은 성과, 능력으로 인정받은 사항을 기록해보자. 자신의 능력을 찾아 인정해 주고 나도 잘 할수 있다고 자신을 칭찬해 주자. 누구나 본인만이 잘 할 수 있는 능력과 달란트가 있다. 나보다 힘든 사람을 돕는 일도 가치 있는 일이다.

예를 들면 계단에서 무거운 짐을 옮기기 어려워하는 노인에게 짐을 들어주거나, 휠체어를 타고 밀기도 어려운 보호자에게 내가 휠체어를 밀어주는 것, 작은 것이라도 내가 남을 도울 수 있음을 느끼게 해주고, 봉사 활동 경험을 통해 자신도 가치가 있고, 쓸모가 있는 것이다.

Q〉 어떤 사람은 자신이 능력이 있고 자존감이 높다고 생각하는데, 그렇지 않다고 생각하는 사람은 왜 그럴까요?

A〉 어린 시절 성장 과정에서 자신이 이뤘던 작은 성과에 대한 칭찬이나 인정을 받을 때 자신의 능력을 인정하고 스스로 자신에 대해 만족하고 자존감도 높아지게 된다. 그러나 가정에서 부모님이 작은 성과에도 인정해 주지 않고 잘못한 것 위주로 지적하고 구박을 하게 된다면 주눅이 들고 열등감을 느끼며 자신은 능력이 없는 사람이라고 생각하게 된다. "나는 잘하는 게 없어, 무엇을 해도 되는 게 없어, 나는 태어나지 말았어야 했어"라고 자신을 비하하고 무능력하고 가치가 없다고 생각하게 된다. 결국, 자존감이 저하된다.

# 미소로 살린 생명

"구두가 없어서 불편할 때에는 다리가 없는 사람을 생각하라."

– 브라이언 카사노프

자살은 순간이다. 죽고 사는 문제는 순간이다. 교통사고도 순간 일어난다. 자살하기 직전 누군가 미소를 지어주고 말을 걸어준다면 한 생명을 살릴 수 있다.

이와 관련된 데일 카네기의 사례를 소개하고자 한다.

강연가, 저술가로 유명한 데일 카네기는 경제 불황이 미국을 덮 쳤을 때 뉴욕 맨해튼에서 살고 있었다. 그에게는 모든 상황이 나날 이 악화되었다. 깊은 절망감에 빠진 카네기는 차라리 이대로 삶을 끝내는 것이 낫다고 판단하였다. 더 이상 아무런 희망이 없었다.

어느 날 아침 그는 강물에 몸을 던지려고 집 밖으로 나왔다. 강 쪽으로 가기 위해 모퉁이를 돌아섰을 때 한 남자가 그를 소리쳐 불렀다. 뒤돌아보니 두 다리를 잃은 사람이 바퀴 달린 판자 위에 앉아 있었다. 가진 게 아무것도 없어 보이는 아주 불행한 처지에 놓여 있는 사람이었다. 그럼에도 불구하고 그 남자는 미소를 짓고 있었다. 그는 카네기에게 말했다.

"선생님, 연필 한 자루만 사 주시겠습니까?"

카네기는 남자가 내미는 연필 자루들을 물끄러미 바라보다가 주머니에서 1달러 한 장을 꺼내 주었다. 그리고는 돌아서서 강을 향해 걸어갔다. 남자가 카네기에게 굴러오면서 소리쳤다. "선생님, 연필을 가져가셔야죠."

카네기는 그에게 고개를 저어 보이며 말했다.

"그냥 두시오. 난 이제 연필이 필요 없는 사람이요."

하지만 그 남자는 포기하지 않고 두 블록이나 따라오면서 카네기에게 연필을 가져가든지 아니면 돈을 도로 가져가라고 말했다. 더욱 놀라운 것은 그러는 동안 내내 그 남자는 얼굴에 미소를 잃지 않고 있었다. 마침내 연필 한 자루를 받아든 카네기는 자신이 더 이상 자살을 원치 않는다는 사실을 깨달았다. 훗날 카네기는 말했다.

"난 내가 살아있어야 할 아무런 이유를 발견할 수 없다고 생각했었다. 그런데 두 다리가 없으면서도 미소를 지을 힘을 갖고 있는 그 남자를 보는 순간 생각이 달라졌다."

불편한 몸에도 불구하고 미소를 지어보이는 그 사람을 보며 카네기는 다시 살려고 마음먹었을 것이다. 이 사례에서 우리는 많은 것을 배울 수 있다. 연필을 팔던 그 남자는 카네기가 강가로 걸어가면서 극단적인 선택을 하려는 마음을 알았을 것이다.

자살방법은 사람들이 집 근처 위험한 장소를 선택하거나 집에 있는 위험한 물건을 선택한다. 친근감, 익숙함, 가까운 곳에서 극단적 선택을 하는 경향이 많다. 예를 들면 카네기처럼 집 근처에 강가나 바다, 다리, 옥상 등 이다.

최근 유가족 상담을 하였는데 아내가 집 인근 지역 ○○대교에서 투신했다고 했다. 집 근처 산이 있다면 자주 같던 장소에 가서 자살을 선택할 수도 있다. 군부대 장병들은 총기 자살, 경찰도 간혹 권총으로 자살하는 경향이 있다. 농촌 지역에서는 농약을, 병원 근무자들은 약물 주사를 사용한다.

이 사례를 분석해보면 카네기는 그 당시 아무런 희망이 없었다고 하였다. 희망이 없는 상황은 무망감(無望感, hopelessness)이다. 미래가 암흑일 정도로 미래가 좋아질 것 같지 않다고 생각하는 것이다. 카네기는 당시 상황이 좋지 않아 아무런 희망이 없었다. 바로 무망감을 느꼈던 것이다. 무망감은 자살의 위험요인 중 가장 첫 번째 고위험 상황이다. 절망감도 무망감과 같이 위험요인이다. 절망감은 한때 희망이 있었으나 최근 상황이 좋지 않아 희망이 끊어진 상태, 좌절된 상황이다. 예를 들면 코로나로 인해 폐업하게 되고, 운동선수가 몸을 다쳐 운동을 못 하게 된 상태가 절망감이다. 절망감도 자살의 위험요인이다.

사례 연구는 참 중요하고 많이 배운다. 교육생들에게 생명존중 자살 예방 전문교육을 하면서 늘 강조하는 내용이 사례 연구(case study)이다. 간접경험이 되고 사례를 연구하면서 자살 예방을 위해 많이 배우게 된다.

# 한 통의 전화가
# 삶의 희망이 되었어요

심리상담사로 전화 상담과 홈페이지에서 사이버 상담, 면접상담으로 자살 위기 상담을 하고 있다. 따뜻한 위로와 격려가 힘든 사람들에게는 큰 힘이 될 수 있다. 가끔 힘든 사람들로부터 전화나 사이버로 상담을 요청해오면 상담을 해주고 있다.

"한 통의 전화가 삶의 희망이 되었어요."라고 하면서 얼마 전 정성스러운 손 편지를 보내주신 분이 있어 소개하고자 한다. 정호승 시인의 〈봄길〉 시 한 편을 자필로 함께 보내 주셨다.

봄길

정호승

길이 끝나는 곳에서도
길이 있다.
길이 끝나는 곳에서도
길이 되는 사람이 있다.
스스로 봄길이 되어
끝없이 걸어가는 사람이 있다.

강물은 흐르다가 멈추고
새들은 날아가 돌아오지 않고
하늘과 땅 사이의 모든 꽃잎은 흩어져도

보라.
사랑이 끝난 곳에서도
사랑으로 남아있는 사람이 있다.
스스로 사랑이 되어
한없이 봄길을 걸어가는 사람이 있다.

저의 생명을 살려주신 정택수 스승님께.

고통이 쓰나미처럼 밀려들어 결국은 삶을 포기해 버리고 싶다는 생각을 했을 때 살아계신 하나님께서는 하늘의 천군 천사를 교수님께 보내주시고, 저에게 은혜를 베풀어 주셨던 2017년 3월 10일! 바쁘신 일정에도 교수님은 한 생명을 살리기 위해 저를 만나 긴 이야기를 모두 들어 주셨습니다. 그리고 바로 다음 날 생명존중 강사가 될 수 있도록 8시간 동안 1:1 교육을 해주셨지요.

2017년 3월 18일 강의 시연을 통해 부족한 부분을 피드백 해주시고 8시간 동안 쉬지도 않으시고 반복! 또 반복된 피드백을 통해서 드디어 전문 강사 수료식도 해주셨지요.

새로운 만남의 설렘 이후 나는 쓸모 있는 사람이고 행복한 사람이라는 것을 깨우쳐 주시려고 교육과 강의가 있을 때마다 저를 불러 주셨지요.

5월에는 ○○중학교 강의를 나갈 수 있도록 강사의 길을 활짝 열어 주셨습니다. 그러나 2017년 9월 28일!
전신 마비로 쓰러져 응급실로 직행!
그동안 우울증으로 내 몸을 살피지 않은 상태였기 때문에 저는 제몸이 망가져 있었던 것을 몰랐습니다. 몸을 튼튼히 하고 건강 회복을 위한 기초 작업이 필요했던 것을 알게 해준 쓰러짐이었어요.

그 후 교수님은 끊임없이 저의 건강을 체크해 주시고, 건강하게 다시 만날 수 있도록 아낌없는 응원과 격려를 해 주셨습니다.

오늘의 제가 여기까지 올 수 있었던 것은 모두 교수님의 사랑의 힘! 덕분입니다.

저를 사랑해주신 교수님 고맙습니다. 그리고 생명존중 강사의 길을 갈 수 있도록 끊임없이 지도해 주시고 격려해 주셔서 더욱 감사드립니다. 교수님 사랑합니다.

2019년 8월 6일 제자 ○○○올림


누구에게나 인생을 살아가다 보면 힘든 시기가 올 수 있다. 자칫 하나뿐인 소중한 생명까지 포기하려는 순간이 있다. 이 순간 고비를 잘 넘겨야 한다. 자살은 순간이다. 순간 살 수 있고 죽을 수도 있다. 누군가에게 도움의 손길을 보내야 한다. 위기의 순간에 전문가의 도움으로 한순간의 위기를 넘길 수 있다. 최근 ○○○강사님은 건강도 회복하고 전문대학원도 졸업하고, 한국자살예방센터 전문강사로서 활동하고 있다.

전화 한 통의 도움이, 힘겨운 사람에게는 큰 힘이 됨을 알 수 있었다. 그들이 도움을 받아 건강하게 잘살고 있는 모습에 보람을 느끼게 된다. 오히려 제가 "고맙습니다."라고 말해준다.

# 인생의 마지막이라면,
# 어떤 음악을 듣고 싶으세요?

"삶이 너무 힘드네요. 생을 마감하면서 듣고 싶습니다. 그래야 편히 갈 것 같아요. 비지스의 '홀리데이'를 틀어주세요."

8일 밤 10시 10분쯤 생방송 중이던 도로교통공단 TBN 대전교통방송 신청곡 창에 문자 메시지 한 통이 도착하였다. 이상한 낌새를 느낀 황금산(57) PD는 침착하게 "현재 상황을 자세히 알려주면 좋겠다. 노래는 30분 후에 준비하겠다."라는 내용의 답장을 보냈다. 그는 "힘을 내시라."는 글을 보낸 뒤 메시지 발신자에게 음성 통화를 시도하였다. 연락이 계속 닿지 않자 황 PD는 경찰과 보건복지콜센터 '희망의 전화'에 "극단적 선택을 하려는 사람이 있는 것 같다. 빨리 조치해 달라."고 신고하였다.

위치 추적에 나선 경찰은 메시지 발신자가 충남 부여군에 있는 것을 확인했다.

10여 분 만에 현장에 도착한 경찰은 소방서 구급대원들이 승용차 뒷좌석에 쓰러져 있는 50대 남성을 발견, 병원으로 옮겨 목숨을 건졌다.

삶을 마감하려고 극단적 선택을 할 때 인생의 마지막 노래는 비지스의 〈홀리데이〉였다. 목숨을 건지고 나서 그는 "제가 그릇된 생각을 했습니다. 바보 같은 생각, 다시 하지 않을게요. 정말 감사합니다."라는 내용의 문자 메시지를 보내왔다. 그러면서 "죽는 것보다 사는 게 더 좋네요. 제 신청곡 안치환의 '오늘이 좋다'를 기분 좋게 들었습니다. 세상 참 아름답네요."라는 글도 올렸다.

황 PD는 "30년 라디오 진행을 하면서 가장 기억에 남는 일"이라며 "그분의 메시지가 '도와달라'는 뜻으로 느껴졌다. 당연히 해야 할 일을 한 것"이라고 말했다.

출처: 조선일보 1.15일 자 기사 참조

이 기사를 읽으면서, 황금산 PD 님이 위기상황에서 침착하게 잘 조치했다는 생각이 들었다. 극단적 선택을 하기 전에 마지막 노래를 들으려고 한 사람에게 시간을 끌었다. 시간을 끌면서 "힘내세요"라는 위로와 공감을 해주었다. 끈을 잡고 연락을 취하려고 하였다. 정말 잘했다. 연락이 되지 않아 경찰과 보건복지콜센터(129번), 119에 신속히 연락하였다. 필자가 생명존중 전문교육 시 교육생들에게 수시로 강조하는 내용이다.

50대 남성은 분명히 자살을 하려는 직접적인 언어적 메시지를 보냈다. 직접적인 언어적 신호가 아니고, 모호한 간접적 신호를 보낼 수도 있다. 가령 "마지막으로 〈홀리데이〉를 듣고 싶네요"라고 살짝 말할 수 있다. 그렇다면 홀리데이의 음악이 음울한 내용인지, 가사 내용이 어떤지? 듣고자 하는 사람이 현재 심리상태가 어떤지로 파악이 되어야 한다. 이 기사를 읽고 〈홀리데이〉 음악을 다시 들어보고 가사를 음미해 보았다.

"왜 내가 아직도 눈을 가리고 있는 걸까요? (중략) 언제나 휴일같이 편안한 사람, 이젠 내가 말할 차례군요. 그렇다면 난 당신이 휴일같이 편안한 사람이라고 말하겠어요."
자살을 생각하는 사람들이나 힘겨운 사람들이 상황이 좋지 않으면, 슬프고 음울하고 이별 등의 음악을 좋아한다. 음악이나 사진, 그림, 영화, 연극 등 내용이 주는 의미를 잘 인지해야 한다.

극단적인 선택을 하려고 호소하고 있는 사람들 대부분은 "살고 싶어요. 살려주세요."라고 도움을 요청하는 것이다.

50대 남성은 목숨을 건지고 나서 많은 깨달음을 얻은 것이다. 세상에 대한 감사의 마음을 느끼고 앞으로 잘 살아나갈 것이다. 그러면서 안치환의 〈오늘이 좋다〉 음악을 들었다. 그래서 〈오늘이 좋다〉

노래를 들어보았다.

"그립던 너의 얼굴 너무 좋구나. 네가 살아있어 정말 고맙다. 오늘은 내가 너의 벗이 될게. 아직도 가야 할 길이 멀구나. 남은 너의 인생에 저 하늘의 축복이 함께 하길 바랄게.

정말 〈오늘이 좋다〉 노래를 들어보니, 함께 하는 사람들과 응원과 희망의 메시지를 담고 있다. 필자는 안치환 노래를 좋아한다. 청순한 목소리, 희망의 목소리와 전달력이 좋다. 〈내가 만일〉은 애창곡이다. 선한 기사를 읽고 생명을 구한 사례를 읽고 이 글을 쓰는 지금 너무 좋다.

극단적 선택 전에는 '홀리데이'를 다시 살아나서 '오늘이 좋다'를……. 오늘이 좋을 수 있음에 감사하고 늘 오늘이 좋았으면 좋겠다.

# 의지는 포기하지 않는 것이다

불멸의 위대한 작가들도 매일 진흙탕 속에서 고군분투하고 있다는 사실이다. 핵심은 의지다. 쓰고자 하는 의지다. 의지를 포기하지 않으면, 어느 순간 탁 풀려나가는 실마리를 잡게 된다. 탁 트여서 풀려나가는 것이다. 의지를 국어사전에 찾아보니, 의지는 어떠한 일을 이루고자 하는 마음이다. (출처 : 네이버 국어사전)

의지는 내가 해내고야 말겠다는 각오이다. 의지가 없다는 것은 자신감이 없다는 것이다. 예를 들면 책을 쓰려는 의지가 강하다면 써야 한다. 의지가 강하다면 거기서 끝내서는 안 된다. 보여줘야 한다. 의지는 실천력이다. 의지만 강하다고 많이 말하고 실제 산물이 없다면 소용이 없다고 본다. 쉽게 포기하는 것이다. 작가를 만드는 것은 문장력이 아니라 어떻게든 쓰고자 하는 의지다. 어떻게든 써야 한다. 써내고야 말겠다는 의지다.

출처 〈타이탄의 도구들〉 책에서 인용

나는 의지가 강하다고 본다. 나의 성장 과정이 그랬다. 어렵고 힘든 가정환경에서 살아내야 하는 의지가 있었기에 살아남았다. 공부하고 농사일하고 의지가 없다면 주저하지 않았을 것이다. 하나의 의지가 성과가 있을 때 다음 어떤 일을 할 때도 의지가 생기고 쉽게 포기하지 않는다. 의지도 습관이다. 성장 과정에서 해냈던 의지가 성과를 이뤘을 때 다음 어떤 일을 하고자 할 때도 의지를 갖추고 해냈다.

청소년기 나름대로 의지가 강한 면이 있었고 주경야독하면서 의지를 불태우고 해냈다. 그런 의지를 바탕으로 군 생활도 힘들었지만 포기하지 않고 24년을 잘 마무리하였다. 의지가 강할 때 목표를 달성하게 된다. 이번에 책 쓰기 도전도 정강민 작가와 함께 8주 정규과정을 마칠 때까지 의지를 불태웠다. 바쁘지만 다른 일을 줄이고 글쓰기에 전념했다. 나의 책 쓰기 목표가 분명했고, 꼭 해내고자 말겠다는 나의 의지가 강력했기 때문이다. 같이 책 쓰기 과정에 참여했던 사람들의 의지는 어떤지 모르겠다. 물론 단기적으로 목표를 달성하지 않았다고 하더라도 장기적으로 의지를 버리지 않는다면 늦지만 해낼 수 있다고 본다.

의지를 포기하지 않는다는 것은 중단하지 않아야 한다. 쉼은 포기다. 고군분투는 포기하지 않고 고민하고 투쟁하듯이 해내고야 말겠다는 각오다. 빠른 성과, 느린 성과가 중요하지 않다. 쉼 없이 포기하지 않은 의지가 중요하다. 의지를 포기하지 않는다면, 어느 순간 탁 풀려나가는 실마리를 잡게 된다. 그때의 희열을 느끼기 위해서라도 포기하지 말자. 쓰자. 의지를 갖고 실천하자.

삶의 의지를 포기한 사람은 자살을 생각할 수 있다…. "삶의 의지가 없어요", "그래서 죽고 싶어요", 살아갈 힘, 살아갈 의지가 없어요. 의지는 힘이요. 에너지, 마지막까지 힘을 낼 수 있는 역량이다. 의지는 자신이 북돋아야 하지만, 주변 사람들이 의지를 불어넣어 힘을 내게 할 수 있다. 나는 삶의 의지가 없는 사람들에게 한 줄기 의지의 힘을 불어넣어 주고 싶다. 다시 한번 해보는 거야, 일어나 (김광석 가수의 '일어나' 가사 中에서) 당장 힘이 없더라도, 늦더라도 의지를 놓지 말라고 말하고 싶다.

"의지는 포기하지 않는 것이다 "
삶의 의지가 없다면 삶을 포기하는 것이다.

# 우리가 불안하고 두려운 이유?

〈타이탄의 도구들〉 책에 보면 우리가 불안하고 두려운 이유는 우리 삶을 너무 타인에게 맡기기 때문이다. 자신이 원하는 지향점이 명확하면 두려움이 약해진다. (p163)

불안하다는 것은 '마음이 편하지 아니하고 조마조마하다'(네이버 어학 사전)

두렵다는 것은 '어떤 대상을 무서워하고 마음이 불안하다.'(네이버 어학 사전)

사람들은 때로는 불안하고 두려울 때가 있다. 어느 정도 불안하고 두려운 것은 정상이다. 문제는 지나치게 불안하고 두려움이 문제다. 왜 불안할까? 마음이 편하지 않고 미래 걱정이 많고, 현재 안정적이지 못하기 때문이다. 현재 자신의 직업이 안정적이지 못할 경우도 있고 앞으로 미래 꿈, 비전이 명확하지 않기 때문이다. 두려움도 불안과 연관된 단어다. 두렵다는 것은 무섭다는 것이다. 사람이 무서울 수 있고 특정 대상에 대해 무서울 수 있고, 불안해 할 수 있다. 타이탄의 도구들에서는 우리가 불안하고 두려운 이유는 우리 삶을 너무 타인에게 맡기기 때문이라고 하였다. 결국, 자기 중심성, 내적 강도(Internal strength)가 약하고 자아존중감이 낮은 이유이다. 내가 주도적이기보다는 타인 중심으로 이동하기 때문이다.

'마음의 근육' 자존감이 높으면 타인에 휘둘리지 않고 자기 중심성이 강해서 불안하거나 두렵지 않다. 자신의 꿈, 비전, 자기 정체성이 분명하고 명확하면 불안하거나 두렵지 않다. 불안하거나 두렵다는 것은 자기 믿음, 즉 자기 신뢰가 약한 것이다. 현재 하는 일, 직업이 현재 경제적으로 어려움이 있고 사람들이 알아주지 않아도 자기 신뢰가 있는 사람들은 앞으로 더욱 성장하고 성공으로 나아갈 것이라는 자기 믿음이 있고 자존감이 높은 편이다. 타인들의 눈치를 보지 않고, 일관성 있게 흔들림 없이 나아간다. 일부 불안, 두려움이야 있겠지만, 자신을 믿고 감수하면서 나아가는 힘이 강하다.

나 자신도 불안과 두려움이 있었던 때가 있었다. 공업계 고등학교를 졸업하고, 괜찮은 직장에 취업하였는데, 어린 나이에 미래 장래성이 없다고 판단하여 사표를 썼다. 일하면서 대학을 다녀보겠다는 꿈을 갖고 무작정 서울로 올라왔다. 신문 배달, 과일 장사를 하면서 야간대학을 다녔다. 미래가 걱정되고, 불안하거나 두렵지 않았다. 열심히 주경야독하였다. 다음으로 두 번째 불안과 두려움이 있었던 때가 있었다. 군 생활 24년을 마치고 낯선 사회로 인생 2막을 시작할 때였다. 대부분 장기 군 생활을 마친 사람들은 안정적인 군 관련 계통으로 진로를 결정하였지만, 나는 새로운 심리상담사의 길을 결정했다.

새로운 분야, 새로운 길에 대해 불안, 두려움이 왜 없었을까? "나는 할 수 있다. 마음을 공부하고 사람을 살리는 자살 예방은 나의 사명이다" 누가 뭐라 해도 나는 흔들림이 없다. 군 관련 선배, 후배, 동료들 모두 반대하였다. '남자가 무슨 상담사를 하려고 하느냐?' 아내마저 나의 편이 아니었다. 그래도 나의 사명, 내가 하고자 하는 일을 막지는 못했다. 미래 불안과 두려움을 줄이기 위해 열심히 심리상담공부를 하였다. 대학원 공부하면서 성적 우수 장학금을 받고, 어렵다는 학회 전문심리상담사 자격증을 취득하였다. 타이탄의 도구들에서, '자신이 원하는 지향점이 명확하면 두려움이 약해진다'라는 말처럼, 나 자신의 목표와 지향점은 분명했다.

**Part 04**

자살에 관련된
질문과 답변

# 힘겨운 학생을
# 어떻게 도와줘야 할까요?

한국청소년상담복지개발원에서 제작한 청소년 자살 예방 프로그램을 몇 년째 교육하고 있다. 제목은 '높이 날아올라 새롭게'이다. 미래의 꿈나무 청소년들이 제목 그대로 높이 날아올라 새로워졌으면 좋겠다.

요즘은 코로나로 인해 온라인 교육을 4시간 동안 진행하고 있다. 제주도 등 전국 어디서든지 이 강의를 듣고 토의하는 시간을 갖는다. 교육을 받는 분들은 학교 상담교사와 상담대학원 석사 3학기 이상, 청소년 상담 2년 이상 경력 등을 갖춘 분들이다.

이번 교육 중 여러 선생님들이 질문한 내용을 정리해 보았다.

Q〉 가정환경이 좋지 못하고 친구들하고 잘 어울리지 못하는 등 총체적으로 힘겨운 학생에게 그래도 어떤 용기와 희망을 주어야 할까요?

A〉 여러 가지 여건이 좋지 못하고 힘겨운 상황을 우선 알아주고 공감해주어야 합니다. 현 상황이 얼마나 힘든지, '학생이 견디기에 얼마나 힘들까?'라며 충분히 공감해주면 울먹거릴 수 있어요. 그럼에도 불구하고 "학생이 잘 버티고 이겨내고 있구나."라며 토닥토닥 칭찬을 해주어야 합니다.

그리고 그 학생의 장점, 잠재력, 강점, 미래하고 싶은 것을 찾아야 합니다. 꿈, 비전, 어떤 삶을 살고 싶은지? 학생의 정보는 사전에 담임 선생님에게 물어보면 됩니다.

정보는 참고로 하고 상담 시 학생에게 질문하여 확인해야 합니다.

누구나 자신만의 강점이 있기에 공부를 못해도, "책을 좋아해요.", "유명한 유튜버가 되고 싶어요.", "그림 그리기 좋아해요." 등등. 가정환경이 힘들더라도 자신의 강점을 살릴 기회를 만들어 주고 희망의 불씨를 살려주어야 합니다. 특기를 살릴 수 있는 특성화 고등학교, 관련 전문대학도 소개해주면 좋습니다.

Q〉 자해 경험이 있는 학생이 부모에게 자살시도를 하겠다고 위협하며 요구조건을 들어 달라고 하는데 어떻게 해야 할까요?

**A›** 자신의 몸에 칼을 대고 자해 행위를 통해 자신의 요구조건을 얻으려는 심리입니다. 정말 자살로 죽으려는 의도인지? 아니면 자살할 의도가 없는지 파악해야 합니다.

자해 목적으로 이차적 이득을 얻고자 하기에 분명히 선을 그어야 합니다. 우선 하나뿐인 소중한 생명, 몸에 해를 끼치는 행위는 위험함을 알려주어야 합니다. 자살시도 금지 서약서를 받고 더 이상 자살시도 하지 않도록 약속하고, 요구조건을 무리하게 바라지 말고 협의해 나가야 합니다.

**Q›** "선생님 자살할 거예요." 깜짝 놀란 선생님에게 "뻥이에요." 이런 학생에게 어떻게 상담해야 할까요?

**A›** 상담실로 오라고 해서 분명하게 교육해야 합니다. 자살을 장난치듯이 농담으로 안 된다는 것을 알려주어야 합니다. 더 이상 하지 않도록 서약서를 작성해서 서명을 받는 것도 좋습니다.

**Q›** 초등학교 6학년 남학생이 "사람들을 죽이고 나도 죽어버릴 거예요."라고 하는데 어떻게 상담해야 할까요?

**A›** 학생이 누군가를 죽이고 자신도 죽겠다고 말하는 이유가 있을 거예요. 왜 그럴까? 원인을 잘 탐색해야 합니다. 어떤 원인이 내

재하여 있는지 감정을 잘 파악해야 합니다.

분노가 폭발하려고 하는 상태(고무풍선이 팽팽한 상태)입니다. 질문을 통해 원인을 확인하고 "○○학생 많이 화가 났구나? 어떤 문제가 ○○학생을 화나게 했니?"라고 물어보세요. 특정 대상이 누구인지 구체적으로 확인이 필요합니다.

"구체적으로 누구를 죽이고 싶니?" 친구, 선생님, 부모님 등 누군가 자신에게 힘들게 할 수 있거든요. 누구누구를 죽이고 싶을 정도예요. 누구를 죽였으니 자신도 범죄자이니 자신도 죽겠다고 하는 심리입니다.

죽이고 싶은 대상이 어떤 문제로 자신을 힘들게 했는지 파악을 하고 공감해주어야 합니다. "아, 그랬구나. ○○와 누가 놀리니까 다른 애들도 같이 놀려서 화가 많이 났구나. 그래서 그들을 다 죽이고 싶을 정도로 화가 났구나."라고 알아주어야 한다.

상담 선생님은 개인 상담 이후 놀렸던 대상들을 상담하고 집단 상담을 진행하여야 합니다.


이런 문제는 비단 초등학생만이 아니라 중, 고, 군 장병, 성인들도 같이 견주어 일어날 수 있습니다. 특정 대상들에 대해 죽이고 싶고 자신도 죽으려는 행동(살해 후 자살)을 시도 할 수 있습니다. 일례로 군부대 총기 난사 사건입니다. 동료들에게 앙심을 품고 실탄을 장전해서 군 생활관에 총기를 난사하고 자신도 자살하는 행위입니다.

미워하고 화가 나는 대상들이 있는 곳에 불을 지를 수도 있습니다. 이때 촉발되는 감정이 분노입니다. 분노는 거센 파도와 같고, 거센 불길과 같습니다. 결국, 분노를 잠재울 수 있도록 사전 불씨를 제거하고 문제의 발단을 해소하고 화해 프로그램을 진행해야 합니다. 초등학생처럼 툭 던진 한마디가 자신의 내재된 감정을 표현한 것입니다. 그래도 표현한 것이 다행입니다. 이런 표현을 잘 알아차리고 상담을 잘 진행해야 합니다.

**Q) 어르신이 수시로 "죽겠다", "살 만큼 살았다"라고 말하는데 어떻게 상담해야 할까요?**

A) 어르신들이 "죽겠다"라는 말을 많이 하는 경향이 있습니다. 상담실로 오시라고 하여, 진지하게 질문해야 합니다. 사전 어르신의 정보를 파악하여 정말 가정환경이 좋지 않고 자살 위험요인이 있는지 확인해야 합니다. 홀로 사는 노인인지? 자식들 도움을 받는지?

술을 자주 드시는지? 질병은 있는지? 복지관을 다니는지? 등 사회적 활동, 운동 취미생활 등 위험요인이 많다면 자살 위험이 내재되어 있을 수 있습니다. 위험요인도 없으면서 습관적으로 늘 푸념으로 하는 분들도 있습니다. 진지하게 "자살 생각하시나요?"라고 질문해야 합니다. 자살 생각이 없으면서 푸념으로 한다면 앞으로는 하지 말라고 해야 합니다.

질문했을 때 정말 자살 생각이 있다면 자주 자살 생각을 하는지? 자살을 계획하고 있는지, 준비하고 있는지 구체적인 질문을 하고 위기개입을 해야 합니다.

**Q〉 자해 경험이 있는 학생이 자해 충동을 느낄 때 어떻게 해야 할까요?**

A〉 자해는 습관입니다. 한 번하면 또 할 수 있습니다. 자해 충동을 느낄 때, 자해하고 싶은 유혹을 느낄 때 반복적인 자해가 되지 않도록 해야 합니다. 학생이나 성인들도 자해심리는 같습니다. 자해 행동은 점점 대범해지고 강도가 높아집니다. 그러기에 자해가 습관이 되지 않도록 해줘야 합니다. 우선 자해 도구(칼, 끈) 등을 치워야 합니다. 자해하려고 할 때 위험 도구를 찾는 행동을 멈추어야 합니다.

다음으로 감정조절을 해야 합니다. 자해 행동은 분노가 올라온 상태이기에 분노를 풀어야 합니다. 깊은 호흡을 해야 합니다. 즉 복식호흡을 해야 합니다. 우선 내쉬기를 길게 뱉어내야 합니다. 배가 홀쭉하도록 충분히 뱉어내도록 하고, 다음으로 들어 마시기를 해야 합니다. 배가 불룩하도록 하세요. 몇 회 복식호흡을 합니다.

다음은 자해하려는 장소를 이탈해야 합니다. 위험장소를 벗어나는 게 좋습니다. 집안 공부방이라면 잠시 화장실, 혹은 집 밖으로 나가야 합니다. 교실이라면 화장실에 가서 찬물로 세수를 하고 와도 좋습니다. 자해행동대신 대체행동으로 전환하는 기법입니다.

중앙일보(2.27일 자) 천근아 교수(연세대 세브란스병원 소아정신과)의 아이 마음 다이어리를 읽고 공감이 되어 인용합니다. 화나면 머리카락과 눈썹을 뽑는 아이에 관한 내용입니다. 스트레스를 받거나 화가 나면 머리를 뽑고 손톱 뜯기, 입술 씹기 등을 하는 아이들, 처음에는 화날 때만 뽑았으나 시간이 갈수록 TV를 보거나 지루할 때도 자동으로 뽑는 행동이 나타나게 되었다. 분노 감정을 달래고 해소하기 위한 수단으로 모발 뽑기 행동이 자신에게 시원한 느낌과 안도감을 가져다주면서 강화되고 반복되는 악순환에 빠진 것입니다.

이런 행동을 하지 못하게 하는 대체행동을 제시하였습니다. 초등학교 5학년 승완이는 왼쪽 손으로 모발을 주로 뽑았기에 반대편 손목에 감촉이 부드러운 밴드를 차게 했습니다. 모발을 뽑고 싶은 충동이 올라올 때마다 왼쪽 손가락으로 오른쪽 손목의 밴드를 만지도록 훈련하였습니다. 승완이는 중학교 입학하기 전 증상이 거의 사라졌습니다.

자해도 머리 뽑기 행동을 하는 사람 심리와 비슷하다고 볼 수 있습니다. 자해 충동을 느낄 때 손목 밴드를 만지게 하는 대체행동을 훈련시키는 것도 좋은 방법이라고 생각됩니다. 그래도 자해는 위험한 행동이라 그 장소를 이탈하면서 호흡하고 밴드를 만지는 행동을 하면 좋겠다는 생각을 해 봅니다.

1년 전 팔에 칼자국이 많은 자해 경험의 30대 여성을 상담한 적이 있습니다. 술을 가끔 마시는 여성이었습니다. 술을 마시면 자해 행동을 하는 편이었습니다. 자해를 수없이 반복하니까 자해 행동을 멈추고 싶다고 상담을 요청하였습니다. 그래서 위에 방법을 주문하였습니다.

자해 충동이 있을 때 "저에게 전화해 주세요."라고 연락처를 알려주었습니다. 혹시나 제가 전화를 받지 못하면 "자해하고 싶다고 문자를 남겨주세요."라고 부탁하였습니다. 어떤 효과가 있을까요? 자해 충동은 잠시 멈추고 전화하거나 문자 보내는 동안 위기를 벗어나는 대체행동을 하게 됩니다. 몇 차례 그런 과정이 있고 자해 행동을 멈추게 되었습니다.

여고생이 기숙사에서 선배들로부터 지적을 받거나 스트레스를 받으면 팔에 칼을 그어 자해 행동을 하곤 했는데 이 방법을 제안하였고, 자해하지 않겠다고 약속하면서 멈추게 되었습니다. 자기 자신과 약속을 하였습니다. 반복적인 자해 행동은 처음에는 가볍게 하지만 점차 대범하고 강도 높게 자해 행동을 하므로 더욱 위험합니다. 이런 강도 높은 자해 행동이 멈추지 않게 된다면 청소년, 청년기 언젠가는 자살시도, 자살로 마감할 수 있기에 청소년기 자해 행동은 전문가 상담이 꼭 필요합니다.

요즘 자해는 초등학교 5~6학년에서 저학년으로까지 번지는 추세라서 더욱 관심이 요구됩니다. 2019년 통계청 자료에 의하면 6살 아이도 자살한 사례가 있어 어린이집 교사 등 모두의 관심이 필요합니다.

### 6세 아이도 스스로… 자해·자살 연령 낮아지는데, 대책 없나?

드물지만 아이들도 극단적인 선택을 한다. 국내 최연소 자살 아동은 6세로 매년 5~9세 아동이 스스로 목숨을 끊는 것으로 나타났다. 최연소 자살 6세…. 5년 동안 자해 및 자살시도로 응급실 내원 173회로 나타났다. 9월 16일 통계청에 따르면 2000년부터 2018년까지 고의적 자해(자살)를 한 5~9세는 총 26명이다.

자살을 시도하는 아동은 더 많다. 9세 이하 아동이 자해 및 자살 시도로 전국 응급실을 찾은 횟수는 지난 5년 동안(2014~2018) 173회에 달했다. 10세도 채 되지 않은 아이들은 부모의 갈등, 양육방식, 또래 관계, 낮은 사회적 지지 등이 아동의 심리적 불안을 요인으로 작용한다.

정택수 자살예방센터장은 "아동 자살의 상당수는 정말 죽으려는 의도보다는 현재의 힘든 상황, 괴로운 상황에서 도망치고자 하는 회피성 목적이 강하다. 5~9세 아동 자살 사례를 살펴보면 부모의 갈등에서 비롯되는 경우가 많다. 엄마와 아빠가 싸우는 것을 보면 아이는 큰 충격을 받는 동시에 그 과정에서 오고 가는 말을 왜곡해서 듣게 되는 일이 많다. 부부싸움에서 '아이 때문에'라는 말이 나오면 그 말을 들은 아이는 '나 때문에 엄마랑 아빠가 싸운다', '나는 나빠', '내가 없어지면 싸우지 않을 거야' 등의 왜곡된 사고를 하게 된다. 이런 일이 반복돼 급성 우울증으로 심화될 경우 충동적인 선택을 하게 되는 것"이라고 설명했다. 또 다른 문제는 아이가 자살 충동을 느끼거나 우울증을 앓아도 부모가 이를 알아차리지 못하거나 문제의식을 느끼지 못해 그냥 넘기는 일이 많다는 것이다. 아동 우울증은 적절한 치료 없이 사라지는 일은 드물며 이후로도 갈등이 반복되면 청소년 자살로 이어지는 경우가 빈번하다.

정택수 센터장은 "아동 자살은 평소 우울 증상이 없거나 특별한 문제가 없었던 아이들에게서도 발생한다. 중·고등학교뿐만 아니라 유치원과 초등학교에도 전문 상담사가 필요한 이유"라면서 "다만 어린아이들에게는 '자살'이라는 단어보다는 '오늘 슬프니?', '평소보다 기분이 이상하니?' 등의 표현을 이용해 아동의 심리상태를 자세히 관찰할 필요가 있다"라고 말했다.

출처 : 2020. 9.22. 일요신문

Q〉 상담을 받은 학생이 "제가 최근 자살을 생각하고 있어요. 오늘 상담을 받으면서 처음으로 선생님께 말했어요. 누구에게도 제가 자살을 생각하고 있다고 말하지 마세요. 부탁해요." 이런 학생을 어떻게 해야 할까요?

A〉 상담 선생님이 상담을 하다 보면 이런 학생을 만날 수 있습니다. 또는 친한 친구나 지인들이 믿고 최근 자살을 생각하고 있다고 털어 놓았을 때, 누구에게도 말하지 말고 부탁을 들어주어야 할까요? 그럴 수는 없습니다. 하나뿐인 소중한 생명을 버리겠다고 하기에 혼자만 알고 있어서는 안 됩니다. 부모님이나 담임 선생님에게 알려주어야 합니다.

대신 학생이나 지인에게 이해와 설득을 잘 시켜야 합니다.
"그래 학생의 마음은 잘 알 것 같아, 학생이 자살을 생각하고 있다고 부모님에게 말하면 많이 놀라고 혼나겠지, 그러나 우리 학생의 생명은 단 하나이기에 소중해, 그래도 부모님에게 알려줄 필요가 있어, 오늘 상담했던 내용에 대해 간단히 알려주고 학생을 혼내지 않게 도와줄게, 너무 걱정하지 마, 엄마에게 '이런 일들로 스트레스가 많아서 자살을 생각하고 있어요.'라고 말씀 드릴게."
상담 후 학생에게 자살금지 서약서를 작성하게 해서 자살을 예방해야 합니다.

자살금지 서약서는 상담자와 내담자(상담 받은 내담자)와 상담 중에 자살 행동을 하지 말자는 약속입니다.

상담하는 동안 자살 행동을 하지 말아야 한다는 약속을 하자.

"약속 할 수 있어요? 그러면 자살금지 서약서에 서명해 줘."라고 말하며 서명을 받아야 합니다.

**Q〉 준자살**(para suicide)**란 무엇인가요?**

**A〉** 준자살(準自殺) 행위(行爲)는 정말 죽기를 바라지 않으면서 행하는 자살시도입니다. 완결한 자살(Completed suicides)인 죽기를 바라지 않고 행하는 자해 행동, 즉 손목 긋기, 담배로 피부 손상, 자기 몸에 상처 주기 등 행위를 말합니다. 과도한 담배, 알코올 중독, 위험한 스포츠를 즐기거나 위험한 작업을 하고, 문란한 성행위로 성병이 있고, 섭식장애(거식증, 폭식증), 의사의 처방에 따르지 않는 행위를 준자살로 볼 수 있습니다. 준자살 행위도 장기적으로 보면 자기를 관리하지 않고, 자살에 따르는 행위라고 할 수 있습니다.

**Q〉 내 목숨은 내 것인데 왜 내 마음대로 죽으면 안 되나요?**

**A〉** 맞아요. 학생의 목숨은 학생의 생명 맞아요. 학생 개인의 목숨은 맞지만 혼자가 아니에요. 학생의 부모님, 형제자매 가족이 있어

# 안전을 위한 서약서

_____는 자살의 위험에서 스스로를 안전하다고
장담할 수 없음을 인정하며 다음과 같이 약속합니다.

1. 나는 상담하는 동안 자살하지 않을 것을 서약하며 생각이나 행동을
   하기 전에 상담자 ○○○이나 담임 선생님께 연락할 것을 서약합니다.

2. 나는 할 수 있는 대로 자해나 자살로부터 나 자신을 보호하고, 필요
   시 도움을 요청하겠습니다.
   ⑴ 자살의 위험이 높아질 때 가까운 사람에게 나의 마음 상태를 말
      하고 도움을 요청하겠습니다.
      나의 가까운 사람 예: (                    )
   ⑵ 필요하다면 인터넷 상담 http://counselling.or.kr이나 전화상담,
      면접상담, 정신건강 의학과 진료를 이용하겠습니다.
   ⑶ 가까운 사람에게 도움이 연결되지 않을 때 특히 늦은 시간이라면
      **129 보건복지 콜센타 혹은 1577-0199**(정신건강 센터)에 전화하여 나
      의 어려움을 상담하고 적절한 도움을 받겠습니다.

3. 생명은 소중하며 자살의 위험에서 도움을 요청하는 것은 전혀 부끄러
   운 일이 아님을 명심하고 필요하면 당당하게 도움을 요청하겠습니다.

서약자            (인)

상담자            (인)

년    월    일

Wee-클래스 상담실

요. 학교에 소속이 되어있고 ○○학교 ○학년 ○반에 함께하는 친구들이 있고 선후배들이 있어요. 학생이 극단적인 선택을 하게 된다면 학생과 관련된 모든 사람이 크나큰 충격과 상처를 받게 돼요. 1명이 자살을 했을 때 남겨진 사람들은 최소 6명에서 10명 정도 됩니다. 유가족이라고 합니다. 학생과 아주 가까운 부모님, 형제자매, 친한 친구일수록 마음의 상처는 너무나 큽니다. 살아가면서 평생 마음의 상처로 자리 잡게 되고 죄의식, 죄책감으로 늘 죄인처럼 마음 아프게 생활해야 합니다. 자살은 자기 자신을 죽이는 살인행위입니다. 살인해서는 안 됩니다. 학생의 생명은 소중합니다. 학생 또한 소중한 사람입니다.

"하나뿐인 소중한 생명, 하나뿐인 소중한 나"

# 파란 꿈과 희망을 향하여

나 _____는 앞으로 어떤 실망감이나
어려움이 나를 힘들게 할지라도 자신을 포기하고
귀중한 몸과 마음을 해하는 행동을 하지 않을 것을 다짐합니다.
혹시 자신을 해하는 행동을 하고 싶은 마음이나
충동이 생길 때에는 학교 선생님,
부모님 또는 상담자에게로 연락할 것을 약속합니다.
이 사항을 이행하지 못했을 때는
스스로 이 책임을 지도록 하겠습니다.

다짐자　　　　　(인)

상담자 _____는 _____가
자신의 다짐을 이행하도록
옆에서 지켜보면서 계속 격려해 줄 것을 약속합니다.

년　월　일

학교 상담실

**Part 05**

## 의미 있는 삶(인생의 후반전)

인생의 전반전은 고달팠던 삶,
성공을 위해 뛰었던 삶이었지만
이제 사람들을 돕고 살리는 의미 있는 삶을 살고 싶다.

# 멈추지 않는다면
# 해낼 수 있다

멈춘다는 것은 정지한 것이다. 하지 않는다는 것이다. 하느냐? 하지 않느냐?의 차이는 크다. 하지 않는다는 것은 포기하는 것이다. 57년의 삶을 살아오면서 그래도 스스로에게 칭찬해주고 싶은 것은 어떤 힘든 순간에도 멈추지 않았다는 것이다.

첫째, 공부를 멈추지 않았다. 자칫 중학교를 졸업하고 공부를 더 이상 할 수 없는 환경이었다. 중학교 3학년 때 아버지가 돌아가시면서 남긴 유언도 "택수는 농사나 시켜."였다. 그러나 선생님의 노력 덕분에 공립 고등학교에 입학해 공부를 했다. 그리고 서울로 무작정 상경해서 야간 전문대학을 다녔다. 필자는 공부를 멈추지 않았다. 또한 학부과정으로 편입해서 대학원까지 마쳤다.

둘째, 군 장교로 직업군인을 24년간 잘 해냈다. 말이 24년이지 군 생활을 몇 번이나 그만두고 싶었던 때가 있었다. 소대장을 마치고 학부과정을 공부하다가 아내가 산후우울증이 발병되어 치료를 받은 적이 있었다. 동기들과 경쟁이 심할 때인데 아내의 정신적 질환이 문제가 되고 군 생활에 힘든 고비가 찾아왔다. 아내는 다 포기하고 전역하라고 했지만 군 생활이 너무 하고 싶어서 아내를 잘 설득해서 멈추지 않고 이어간 경험이 있다.

체력만큼은 자신 있어서 특전사를 지원해서 중대장으로 근무했는데, 처음에는 적응이 쉽지 않았다. 고민하다가 동료들과 술을 많이 마시고, 아내에게 군 생활을 그만하겠다고 하였다. 그러나 아내는 위로는 고사하고 "특전사를 왜 지원해서 왔어요? 당신이 원해서 온 부대이니 여기에서 죽든지 살든지 최선을 다해 봐요."라고 말해 필자의 정신을 번쩍 들게 했다.

약한 나의 모습이 부끄러웠다. '그래 죽을 힘을 다해 해보자.'나 약한 나 자신을 추스르고 열심히 하였다. 물러설 수 없는 상황이었다. 멈춤, 물러서는 것이 아니라 움직이자. 전진하자고 마음먹었다. 그때 자칫 멈출 뻔했던 군 생활을 이어 나갔다.

셋째, 운동은 멈추지 않고 꾸준히 하고 있다. 살아가다 보면 작심삼일이 되고 포기하게 되는 것도 있다. 그래도 멈추지 않고 포기만 하지 않으면 좋은 성과와 결과물을 얻을 수 있다. 어린 시절 약하고 수줍음을 많이 타다 보니 체육 시간이 가장 싫었다. 고등학교 이후 성장하면서 이런 약골의 모습이 싫어 인위적으로 몸만들기를 하였다. 헬스클럽 6개월 웨이트 트레이닝으로 근육남이 되었고, 못하던 축구를 열심히 하다 보니 운동이 너무 재미있었다.

군에서 간부 축구선수, 마라톤 선수, 테니스 선수로 체육대회에서 인정을 받았다. 마라톤 풀코스를 여러 번 완주하였고 동아일보 국제마라톤, 조선일보 춘천마라톤 등에 출전하여 3시간 45분대 기록을 보유하였다. 요즘은 대학교 강의, 전문교육 등 너무 바빠서 마라톤은 하지 못하고 집 근처 등산, 근력운동을 멈추지 않고 하고 있다. 습관만 된다면 멈추지 않게 된다. 21일 동안 꾸준히 하면 습관이 된다고 한다.


넷째, 블로그 쓰기를 멈추지 않고 하고 있다. 블로그는 현재 5년째 멈추지 않고 매일 포스팅하며 글을 쓰고 있다. 2020년 월드클라스, 1등 전문가로 평가되었고, 현재 총 방문 수 85만 명을 기록하고 있다. 올해 100만 명을 달성할 예정이다. 멈추지 않고 움직인 결과이다.

요즘은 정강민 작가와 함께하는 8주 과정 책 쓰기에 도전하고 있다. 2020년 12월 5일 글쓰기를 시작했는데 하루도 멈추지 않고 프리라이팅을 하여 이제는 글쓰기도 습관이 되었다.

탁월한 능력보다는 멈추지 않는 것을 실천하고 있다. 아무리 좋다고 하더라도 움직이지 않으면 실적, 결과는 없다. 정강민 작가는 하루에 한 단어, 생각나는 단어라도 써보라고 했다. 단 한 문장이라도 쓰라고 교육생들에게 강조한다. 했느냐? 하지 않았느냐? 차이는 엄청나게 크다. '실행이 답이다'라는 책을 좋아한다. 말이 필요 없다. 실행해보자. 그래서 지금도 글을 쓰고 있다.

마라톤을 한 경험을 통해 볼 때 젊은 사람들은 출발하자마자 빠르게 질주한다. 오랜 경험이 있는 사람들은 페이스를 조절한다. 그래서 마라톤에서 '아줌마와 노인 분들을 만만히 보지 말라'는 말이 있다. 이는 젊은 남자들이 아주머니와 노인 분들을 무시해서 추월하고 질주했다가는 뒤처지고 포기하게 된다는 말이다. 그분들은 처음부터 느린 것 같지만 자신의 페이스를 유지하면서 42.195km를 멈추지 않고 달리는 것이다. 멈추지 않는 사람들이 진정 프로다. 글쓰기도 매일 글을 쓰는 사람이 작가라는 말이 있다.

2021년 새해 계획을 작심삼일로 포기한 분들이 있다면 다시 시작하라고 당부하고 싶다. 큰 목표보다는 작은 목표로 멈추지 않고 움직이면 된다. 매일 하루 운동을 위해 문밖으로 나가기, 하루 한 문장씩 쓰기, 블로그 하루 한 건 포스팅 하기, 잘하려고 하지 않기. 잘하고 못하고 중요하지 않고, 했느냐? 하지 않았느냐? 가 중요하다.

나는 오늘도 멈추지 않고 움직인다. 내일도 움직일 것이다.

# 한 걸음만 한 발짝만

때론 우리 앞에 아주 긴 도로가 있어. '너무 길어 도저히 해낼 수 없을 것 같아'이런 생각이 들지. 그러면 서두르게 되지. 그리고 점점 더 빨리 서두르는 거야. 허리를 펴고 앞을 보면 조금도 줄어들지 않지. 나중에는 숨이 턱턱 막혀서 더 비질을 할 수가 없어.

출처 : 「희망의 귀환」의 저자 차동엽

책 「희망의 귀환」을 읽는데 '한 걸음만'이라는 단어가 나의 마음을 사로잡았다.

어린 시절 눈이 쌓이면 어머니께서 일어나서 눈을 치우라고 깨우셨다. 어린 나는 늘 가장 먼저 일어나 앞마당부터 눈을 치웠다. 다음으로 집 입구 도로, 그리고 다른 집 입구까지 눈을 쓸었다. 이른 새벽이라 눈을 치운 집은 없었다. 큰 도로에 눈을 치우다 보면 어느새 마을 어귀까지 이른다. 한 발짝 한 걸음 눈을 치우다 보면 어느새 5m, 20m, 200m 눈이 치워지고 길이 생긴다.

겨울에 눈 치우는 일은 필자가 거의 담당이 되었다. 눈을 치우고 나면, 부모님과 동네 사람들이 칭찬해 주었다. 눈을 다 쓸고 나면 땀으로 온몸이 흥건히 젖었다.

지금의 실행력도 어쩌면 이런 한 걸음부터 시작했던 어린 시절 습관이 아니었나 생각된다. 모든 것이 한 걸음부터 시작이다. 글쓰기도 한 단어, 한 문장이 시작이요, SNS도 처음 무조건 한 걸음 시작하다 보면 하게 된다. 잘하고 못하고는 중요하지 않고 한 걸음 시작을 하느냐 하지 않느냐가 중요하다.

1983년 맨손으로 뉴욕 엠파이어 스테이트 빌딩을 등반한 불굴의 사나이 버슨 햄. 그는 뛰어난 기술로 초고층 빌딩을 등반해 당당히 기네스북에 올랐다. 축하 행사장에 버슨 햄의 증조할머니(94세)가 10여 명의 기자들에 둘러싸여 있었다. 할머니는 증손자가 기네스 기록을 세웠다는 소식을 듣고 100km나 떨어진 곳을 걸어서 왔던 것이다.

〈뉴욕타임스〉의 한 기자가 할머니에게 물었다.
"100km를 걸어서 손자를 보러 오기로 마음먹었을 때, 혹시 나이나 건강 때문에 망설여지지 않았습니까?"

할머니가 조금의 망설임도 없이 대답했다.

"단숨에 100km를 달리는 데는 용기가 필요해요. 하지만 한 발짝 걷
는 데는 용기가 필요 없지요. 그저 한 발 한 발 계속해서 걷다 보면,
한 발이 또 한 발이 되고, 또 한 발이 되어 100km도 갈 수 있답니다."

출처 : 「어머니의 편지」의 저자 우장훙


할머니처럼 시작이 중요하다. 누구나 한 걸음 떼기가 힘들다. 해
야 할 일이 있다면 무조건 한 걸음만 떼어 보자.

# 의미 있는 삶

어떤 삶을 살아가야 할까요? 성공한 삶을 살아야 할까요? 아니면 의미 있는 삶을 살아야 할까요?

사회에서 직장생활 1년도 못하고, 서울로 올라와 신문보급소에서 신문 배달과 총무로 일하다 군에 입대했다. 군에서 직업군인으로 24년 생활했으니, 인생의 전반전을 보냈다. 축구로 보면 45분(인생 45세)을 마치고 휴식시간 이후 지금은 90분 중의 57분을 뛰고 있다. 인생 후반전이다. 요즘 100세 시대라고 하니, 연장전을 뛸지도 모르겠다.

사람들은 대부분 전반전에는 오직 승리욕이 지나쳐 결과에 승부를 걸고, 앞만 보고 달린다. 성공을 목표로 전진한다. 나 또한 그랬다. 경쟁에서 살아남아 진급하기 위해 밤낮없이 일했다. 군 장교로 직업군인으로 살아남기 위해, 성과로 인정받기 위해 열심이었다.

소위에서 대위까지도 열심히 하였지만, 10년이 지나 위관장교에서 영관장교가 되려면 경쟁이 치열했다. 오직 성과 위주로 부대장으로부터 서열을 받지 못하면 진급되지 못했다.

군 생활 10년 차에 소령 진급 1차에 떨어졌다. 그동안의 성적을 분석해 보니, 거의 완벽하게 잘 받았는데, 경쟁 상대인 동기생은 더 탁월했다.

아쉽지만 1년을 더 열심히 노력한 결과 2차 소령 진급을 하였다. 내조했던 아내도 정말 고생 많았다. 군에서는 '군인 아내도 반군인이다.'라는 말이 있다. 큰 훈련을 마치고 오면, 장병들에게 격려 음식도 만들고, 군 가족 체육대회도 참석해야 했다.

아내도 내조에 지쳤는지 이젠 더 이상 진급을 안 해도 좋으니, 스트레스 받지 말자고 하였다. 나는 성취주의형이라 그런지 쉽게 포기하고 싶지 않았다. 부대에서 좋은 성과를 받았고, 리더십도 인정받았는데, 아내의 건강과 가정의 행복을 위해 절충하게 되었다.

소령 진급 이후 진급 욕심이 없다 보니 여유가 생겼다. 대신 마지막까지 어느 보직이든 최선을 다하였다. 최우수 부대 등 표창도 많이 받고 능력을 인정받아 혹시나 진급될까 기대해 보았지만, 되지 않아 24년 군 생활을 잘 마치고 전역하였다.

이젠 후반전의 삶이다. 돌이켜보면 전반전의 삶은 성과 위주의 성공을 향해 달린 삶이었다. 중간의 휴식시간을 마치고 후반전은, 생명존중 자살 예방 사명감으로 올해 11년째 살아가고 있다. '의미 있는 삶'을 실천하려고 한다.

삶이 힘겨워 "너무 힘들어 죽고 싶어요.", "다 내려놓고 싶어요.", "이젠 끝내고 싶어요."라고 말하는 사람들을 만난다. 이런 사람들에게 한 줄기 희망을 주고 살리는 데 보람을 느끼고 있다. 쉽지 않은 상담이라 늘 공부하고 마음 수양을 쌓는다.

'의미'의 반대말이 '무의미'이다. 의미라는 말은 내가 너무 좋아하는 말이다. 의미하면 빅터 프랭클 박사가 떠오른다. 의미 철학, 로고 테라피 창시자로 '죽음의 수용소에서'가 대표적인 책이다. 수용소에서 다 죽는다고 생각했지만, 빅터 프랭클 박사는 그곳에서 삶의 의미를 찾았다.

자살 생각을 하는 사람들은 "왜 사는지 모르겠어요?", "삶에 의미가 없어요."라는 말을 많이 한다. 그래서 어떻게 하면, 삶의 의미를 찾아줄까 고민한다. 삶의 의미를 찾기는 쉽지 않다. 누구나 자신이 살아갈 삶의 의미 찾기 시간을 가졌으면 좋겠다.

「하프타임」을 쓴 밥 버포드는 책에서 인생의 전반전은 성공적인 삶이라 하였고, 인생의 후반전은 의미 있는 삶을 살아야 한다고 강조하고 있다.

나도 인생의 후반전을 힘겨운 사람들을 무료로 상담을 해주고, 생명존중 자살예방교육 강사 활동을 하며, 의미 있는 삶을 살 것이다. '의미 있는 삶'은 나의 사명이요, 보람이기 때문입니다.

자기의 길을 걷는 사람은 누구나 다 영웅이다.

자기가 할 수 있는 일을 진실 되게 수행하는

사람은 누구나 다 영웅이다

— 헤르만 헤세

# 인연의 소중함

무작정 서울로 올라와서 힘겨운 일상을 소화하기가 벅찼다. 잠은 늘 부족했다. 야간수업을 마치고 신문보급소로 버스를 타고 올 때면 졸음이 쏟아졌다. 어느 날인가 야간공부를 마치고 버스를 타고 보급소로 오는데 너무 피곤해서인지 잠이 들었다.

잠이 들어 종점까지 가는 날이 빈번했다.

몇 가지 일을 하다 보니 피곤의 연속이었다. 그렇지만 어느덧 2년의 세월이 흘러 전문대학 졸업 하게 되었다. 졸업을 앞두고 친하게 지내던 친구가 장교시험 모집 요강을 보여주었다.

"택수야, 너 장교시험 보지 않을래? 도전 해 봐. 너는 가능할 것 같아. 학교 성적도 상위권이고, 특히 체력이 좋으니까 합격할 것 같아."

친구의 권유로 나는 장교시험을 쳤다. 그 당시 피곤한 가운데에서도 열심히 공부하여 좋은 성적을 받았다. 체력은 신문 배달로 늘 뛰어다녔으니 두말 할 필요도 없었다.

이렇게 시작한 군 생활은 사회생활과 비교하면 천국이었다. 그만큼 사회생활이 힘들었다. 군이 너무 적성에 잘 맞아 직업군인 신청을 하였고, 24년의 군 복무를 하게 되었다.

그 당시 장교시험에 도전해 보라고 했던 이 친구에게 아직도 고마움을 잊지 못한다. 그 친구 역시 군 장교 동기생이 되었다. 그 친구의 권유로 인생의 중요한 선택을 하게 되었고, 크나큰 성장과 발전을 하게 되었다.

"○○상담센터인가요? 전화로 상담이 가능한가요?

"네, 가능합니다. 본인이 상담을 하려고 하시나요?"

"네."

몇 년 전인가 한 중년남성으로부터 전화 상담 요청이 왔다.

○○자살예방센터 상담팀장으로 일을 하고 있었는데, 전화 상담을 하였다. 주로 자살 위기 상담이 많았는데, 이분은 위기상담이 아니라 "진로가 고민이 됩니다"라고 말했다. 진로에 대한 상담을 요청하였다.

당시 그분은 군부대 간부로 주요 직책을 담당하며, 직업군인으로 계속 근무하고 싶기도 하고, 대학원 박사과정을 공부하고 있는데 전역하고 대학교수를 목표로 공부를 할지 진로 고민을 하고 있었다. 상담은 45분 정도 진행되었다. 상담사가 답을 결정해줄 수 없다. 본인이 2개의 방향을 신중히 검토해 보고 선택해야 한다. 1안은 직업군인으로 계속 근무하는 방법과 2안은 박사학위를 받고 대학교수로 근무하는 방법의 장·단점으로 분석해 보라고 조언해 주었다.

"중요한 것은 먼 미래를 볼 때, 자신이 정말 너무 하고 싶고 보람을 느끼는 것으로 결정해 보는 것이 좋다고 생각됩니다."

이 말이 선택을 할 수 있도록 해주었다며 고마워하였다.

"정말 결정적인 도움이 되었습니다. 진심으로 고맙습니다."

이렇게 마무리 상담을 마치게 되었다.


그리고 1년이 지났을까? 많은 분들을 상담 하다 보니, 상담했던 사람들 전부를 기억하지는 못한다. 가끔 전화 와서 감사의 말을 전하는 분들도 있었다.

"선생님, 언젠가 제가 삶을 포기하려다가 혹시나 해서 상담을 한 적이 있었는데, 정말 따뜻한 말로 위로해주시고 희망을 주셔서 이렇게 살 수 있었습니다."

이렇게 삶을 포기하려던 사람이 '생명의 은인'이라며 전화가 오는 경우가 있다.

1년 전 한 통의 전화는 중년의 남성이었다.

"혹시 저를 기억하시는지요? 당시 군 간부로서 진로문제로 고민하다, 전화 상담을 했던 적이 있었습니다."

"아, 그러시군요."

대화를 나누다 보니, 1년여 전에 상담했던 기억이 떠올랐다. 그분은 그 당시 바로 전역을 하고 지금은 우석대학교 군사학과 학과장님으로 근무하고 있다고 하였다.

"그 당시 정말 진로문제로 고민을 많이 했는데 덕분에 잘 결정할 수 있었습니다. 진심으로 고맙습니다. 언제 시간 되시는지요? 시간 되실 때, 우리 대학에 방문해 주시면 연락해 주세요."


그 후 시간을 내어 우석대학교를 방문하였다. 군사학과는 국방부에 협약을 체결하여 장교양성을 목표로 신설된 과였다. 필자는 직장에서 나와 1인 기업체로 '한국자살예방센터'를 운영하고 있었다. 군사학과 학생들에게 향후 초급간부로서 상담 역량 및 자살 예방 교육 특강을 요청하였고, 군사학과와 한국자살예방센터 상호 업무협약(MOU)을 제안하였다. 흔쾌히 수락하고 업무 협약을 체결하고, 추후 학생들 강의까지 하게 되는 행운을 얻었다.

처음에는 솔직히 우석대학교가 어디에 있는지 잘 알지도 못했다. 한국자살예방센터를 운영하면서 일주일에 하루 학교 강의를 하는 것으로 계약을 맺었다. 그렇게 인연이 되어 올해 7년째 강의를 하고 있다. 군사학과(남궁승필 학과장) 강의에서 이젠 군 상담심리학과에서 이상 심리학, 상담 기술, 군 상담이론과 실제 군 상담사례연구, 위기상담 과목 등을 가르치고 있다.

사람의 인연이 이렇게 소중하다. 이런 경험을 공무원 연금공단 〈대인관계〉 강사로 강의할 때 소개하였다. 농담처럼 "평상시 잘하면 복이 되어 옵니다. 평상시 잘 하세요. 사람이 사람을 도와줄 수 있고, 행복할 수 있습니다. 일부 사람들은 우석대학교에 무슨 배경이 있느냐? 누구 찬스 있는 거 아니냐 하는 사람도 있지만 그렇지 않습니다."라고 말하고 이런 사연을 들려준다.

따라서 필자는 말하고 싶다. '좋은 사람들과의 대인관계는 성공이요, 행복이다.'

인간의 성공과 행복의 85%는 인간관계에 달려 있다.

– 데일 카네기

# 목적 있는 고통과
# 목적 없는 고통

인생을 살아가면서 고통이 없이 살아갈 수 있을까?

부모님이 애지중지 잘 보살펴주고, 하는 일이 잘 되며 아무런 고통 없이 편하게 살아가는 사람도 있다. 고통 없이 자라 성인이 되어도 언젠가는 보호해줄 부모님이 떠나고 홀로 문제 상황이나 고통을 경험하게 될 수도 있다. 고통을 경험하지 않았기에 고통에 쉽게 무너질 수 있다. 고통을 이겨낼 힘이 없다. 즉 내성이 없다. 견디고 이겨낼 힘이 없다.

우리 삶이 견디기 어려운 이유는 목적이 없는 고통에 직면했을 때이다.

고통을 견디고 이겨내려면 그 고통에 분명한 목적이 있어야 한다. 지금 고통을 겪고 있는 사람이 있다면, 그 고통이 나의 미래 목적과 꿈을 달성하기 위해 감내해도 되는지 살펴봐야 한다. 이 정도 고통을 감내하는 것은 나의 삶에 목적과 의미를 찾기에 충분해야 한다.

누구나 살아가면서 문제 상황, 고통을 주는 시험대를 맞이하게 된다. 그 고통을 어떤 마음으로 받아들일 것인가? 목적이 있는 고통을 경험한 사람은 그 고통을 기꺼이 감내할 수 있다. 바로 미래의 꿈, 비전이 있기 때문이다. 고통에 대해서 '이 정도쯤이야, 내가 상대해 주지.'라고 말하며 이겨낸다. 왜냐하면, 이 고통 넘어 꿈이 있기 때문이다. 고통을 넘어 목적이 있는 삶, 꿈이 있는 삶은 고통을 이겨내고 견디게 해준다.

실례로 고시생들도 고통을 기꺼이 감내하며 열심히 공부하는 것이다. 떨어진 실패의 충격, 고통이 있어도 다시 도전하는 것이다. 포기하는 사람은 뚜렷하고 간절한 목표가 없기 때문이다. 그래서 우리는 분명한 목표와 꿈이 있어야 고통을 넘게 된다.

필자의 과거 삶도 목적 있는 고통이었다. 안정된 직장에서 공장 생산직 일을 하면서 월급도 제법 받았는데, 사직서를 쓰고 무작정 서울로 올라와 신문 배달하며, 야간대학을 공부한 것은 왜 그랬을까? 공고 졸업 후 여기서 머무르면 편안하겠지만, 미래 장래성이 없다고 판단했기 때문이다. 온실 속을 벗어나 비바람 폭풍우 있는 낯선 외지 서울로 달려간 이유는 어떤 고통도 감내하겠다는 마음가짐이었다.

신문 배달을 하고 과일 장사를 하며 피곤함에 지쳐가면서도 대학공부에 희망을 품었다.

"이 정도 고통쯤이야."

눈을 비비고 벌떡 일어나, 고통과 맞닥트린 것이 목적 있는 고통이다. 꿈을 찾기 위한 고통이다. 고통은 쓰지만, 희망을 생각하면 달다. 2년 동안 고통을 버티며, 2년제 야간대학을 마치고 졸업 시기에 어머니에게 알렸다. 2년 동안 어머니와 그 누구에게도 이렇게 힘든 고통을 감내하며, 대학을 다닌다는 말을 하지 않았다.

「오늘도 계획만 세울래?」의 저자 홍석기 교수는 공고 졸업 후 회사에서 힘든 어려움을 경험하면서 '고통을 가장한 신의 축복'을 받은 것에 감사하는 마음으로 고통을 이겨냈다.

짓밟힌 자존심이 망가지지 않도록 조심하면서, 그럴수록 더욱 강해져야 한다는 다짐을 하면서 몇 년을 버틸 수 있었다고 했다.

깜짝쇼를 하듯이 "엄마, 저 대학 졸업하는데 졸업식에 오셔요."라고 말했다.

"아니, 뭐 대학 졸업?" 어머니는 필자의 이야기에 너무 좋아하셨다. 등록금, 생활비 일체 보태어 주지 못한 어머니는 너무 놀라시며 울먹거리셨다. 당시 연세가 많으시고 서울 지리가 어두워 큰형님, 큰누나와 함께 졸업식에 참석하셨다. 어머니와 큰형님, 큰누나도 너무 좋아하시면서, 도움을 주지 못해 미안해했다. 어릴 때부터 그렇게 농사일도 많이 하고 고생한 막내아들에게 도움도 못 주었는데, 혼자 돈을 벌어 대학을 졸업했다며 너무 대견스러워하셨다.

군 생활 24년 직업군인의 삶도 쉽지 않았다. 군사 훈련은 견디기 힘들 정도의 극한 고통이었지만, 목적 있는 고통이었다. 긍정적 고통이었다. 국가안보를 위해 내가 스스로 선택한 고통이요. 내가 할 수 있는 정년까지 최선을 다하여 내가 감내해야 할 고통이었다.

의미 철학의 대가 빅터 프랭클도 죽음의 수용소에서 죽어가는 상황에서 삶의 의미를 찾고 고통을 감내하였다. 미리 포기하지 않고 다른 사람이 죽더라도 '난 살 수 있어.'라며 삶의 의미를 찾았기에 살 수 있었고, 「죽음의 수용소에서」와 같은 명작이 탄생하였다. 목적 있는 고통이요, 의미 있는 고통이다.

그러나 목적 없는 고통은 다르다. 자신의 꿈이나 목적이 분명하지 않기에 고통을 그대로 받아들이고 불평불만하기 쉽다. '세상이 왜 이래?'라며 나에게 닥친 고통에 대해 세상에 대한 원망, 정부에 대한 원망, 사회에 대한 원망, 부모에 대한 원망으로 가득하게 된다.

"내가 이렇게 고생하는 이유는 부모님을 잘못 만나서 그래요. 재산하나 물려주지 않고……. 공부도 제대로 시켜주지도 않고……. 그러니 이렇게 일용직 근무하며 술로 달래고 있어요."라고 말하는 사람들을 가끔 상담하게 된다.

미래의 꿈, 목적, 이상도 없다. 그날그날 고통 속에서 술을 마시며 신세 한탄만 하고 있다. "노동일이 얼마나 힘든 줄 모르시죠? 등짐에 무거운 건축자재를 공사장까지 올리면 다리가 후들거리고 땀이 비 오듯 하고 너무 힘들어요." 그 힘든 노동일을 기약 없이 몇 년째 하고 있다. 나이가 들수록 더 몸은 지칠 것이다. 목적 없는 고통이다. 고통이 늘 쓰다. 삶을 포기하고 싶어서 상담을 요청한 사람은 고통에 지는 것이다. 고통 때문에 "죽고 싶어요." 목적 없는 고통에 삶이 무너지는 것이다. 안타까운 마음에 이들에게 "그래도 꿈이 무언가요?"라고 물어본다.

젊은이 중에서 공부하기 위해 힘겨운 노동일을 하는 사람들이 있다. 취업을 포기하고 막노동을 하던 동네 형이 마음을 다잡고 로스쿨에 갔지만 잇달아 불합격하고, 병을 얻어 힘든 상황 속에서 이 모든 것을 이겨내고 변호사의 꿈을 이룬 임지호 변호사는 목적 있는 고통의 사례다.

임지호 변호사는 막노동이라는 힘겨운 고통을 변호사라는 꿈을 이루기 위해 기꺼이 감내하였다. 힘겨운 일이든 아픈 질병이든 내가 분명하고 간절한 꿈과 목적이 있다면, 그 고통은 긍정의 고통이다.

우리는 어떤 고통을 선택해야 할까요?

필자는 말하고 싶다. 지금 이 순간 고통 받고 있는 사람들에게 꿈을 가지라고…….

꿈이 있다면 당신은 살 수 있다고…….

살리는 남자로서 고통 받는 사람을 살리는 길은 그들에게 꿈과 희망을 찾아주는 것이기에 오늘도 그들의 이야기에 귀를 기울이며 그들에게 한 발짝 다가가고 있다.

필자가 좋아하는 정호승 시인의 〈바닥에 대하여〉라는 시가 그들에게 위로와 격려가 되기를 희망한다.

　

바닥에 대하여

정호승

　

바닥까지 가본 사람들은 말한다. 결국 바닥은 보이지 않는다고 바닥은 보이지 않지만 그냥 바닥까지 걸어가는 것이라고 바닥까지 걸어가야만 다시 돌아올 수 있다고 바닥을 딛고 굳세게 일어선 사람들도 말한다. 더 이상 바닥에 발이 닿지 않는다고 발이 닿지 않아도 그냥 바닥을 딛고 일어서는 것이라고 바닥의 바닥까지 갔다가 돌아온 사람들도 말한다. 더 이상 바닥은 없다고 바닥은 없기 때문에 있는 것이라고 보이지 않기 때문에 보이는 것이라고 그냥 딛고 일어서는 것이라고.

부록

전문가 칼럼

# "살 만큼 살았지" 어르신 한마디가 '황혼 자살' 징후

지난 2018년 4차 산업 시대 인간관계를 주제로 열린 인문학 콘서트에서 한국 자살예방센터장 정택수 우석대 교수가 강연하고 있다. (사진은 정택수 한국자 살예방센터장 제공)

한국 사회의 고질적인 병폐를 이야기할 때 자살 문제를 뺄 수 없다. OECD 국가 중 가장 자살을 많이 하는 나라라는 불명예가 십수 년째 대한민국의 꼬리표처럼 따라온다. 최근에는 특히 노년층의 자살이 눈에 띈다. 무엇이 문제일까. 세월의 풍파를 모두 견딘 이들이, 굴곡진 현대사를 몸소 체험한 이들이 왜 생의 끝을 스스로 마감하는 것일까. 〈뉴스포스트〉는 노년층의 자살 즉 '황혼 자살' 문제를 분석하고 해결 방안을 이야기해보는 기획 보도를 준비했다.

[뉴스포스트=이별님 기자] 보건복지부가 지난달 발표한 '2020 자살 예방백서'에 따르면 2018년 기준 자살자 수만 1만 3,670명이다. 자살률(인구 10만 명당 자살자 수)은 26.6명으로 OECD 회원국 평균 자살률 11.5명의 2배를 훌쩍 뛰어넘는다. 세계 경제 규모 11위 수준의 선진국이라고 불리는 오늘날에도 대한민국은 세계 최악의 자살 대국의 오명을 쓰고 있음이 여실히 드러났다.

'황혼(黃昏)'이라고 비유되는 65세 이상 노년층의 자살률은 특히 심각하다. 같은 해 노년층 자살자 수는 3,593명이다. 자살률은 48.6명으로 대한민국 전체 연령대 자살률 26.6명의 약 1.5배에 달한다. 노년층의 높은 자살률은 하루 이틀의 문제가 아니다. 2014년부터 2018년까지 5년간 65세 이상 자살률은 2014년 55.5명, 2015년 58.6명, 2016년 53.3명, 2017년 47.7명, 2018년 48.6명으로 최소 5년 이상 45명 선을 넘어섰다.

노인 자살률이 유독 높다는 점은 현재 대한민국 노인들이 불행한 나라임을 증명해 준다. 세계 최악 자살 대국이라는 오명을 썼다고 하지만 한국은 세계 기준을 놓고 볼 때 '잘 사는 국가'다. 이곳에서 어쩌다 노인들이 살기 힘든 나라가 됐을까. 통계는 노년층 자살 원인 1위를 육체적 질병 문제라고 꼽았다. 하지만 통계가 이들의 자세한 사정까지 담아내지는 못했다. 이에 〈뉴스포스트〉는 자살 고민을 겪는 노년층의 이야기와 이를 막기 위한 방법 등을 알아보기 위해 현장에서 황혼 자살 문제를 피부로 느끼는 이와 인터뷰를 진행했다.

한국자살예방센터장 정택수 우석대학교 교수는 2010년부터 민간전문 기관을 설립해 자살위기에 놓인 사람들을 상대로 전화, 온라인, 대면 상담을 통해 새 삶을 찾아주고 있다. 또 교육기관과 사회복지시설, 군부대 등 각종 기관과 단체에서 전 국민을 대상으로 자살 예방 교육도 진행한다. 정 교수는 지난 29일 본 지와 서면 인터뷰에서 황혼 자살 문제의 심각성에 대해 "현장에서 피부로 많이 느끼고 있다"라고 전했다.

## 자살 원인, 하나만으로 설명 안 돼

정 교수에 따르면 한국자살예방센터(이하 '센터')를 찾는 노년층은 하루 평균 1~2건이다. 통계처럼 센터에서도 노년층은 육체적 질병으로 신변을 비관하는 경우가 많다. 하지만 노년층 자살 원인을 단 한 가지로 설명할 수 없다는 게 정 교수의 입장이다. 육체적 질병이 경제적 문제와 정신적 질환을 일으키고, 심해지면 신변 비관과 자살 생각까지 이어진다는 것이다.

정 교수는 "(어르신들이 상담을 받으실 때) 나이가 들면서 노인성 질병으로 고통을 받고 있다고 호소하지만, 육체적 질병만이 자살의 원인이 될 수 없다"라며 "경제적 문제가 있기 때문에 병원 치료도 어렵고, 이로 인해 신변 비관으로 이어진다. 육체적 질병에서 경제적 어려움, 신변 비관으로 인한 노인 우울증, 자살 생각으로 이어진다"라고 설명했다.

정 교수와 전화 상담을 진행했던 A모 씨(73) 역시 육체적 질병에서 자살 생각까지 이어진 사례다. 7년간 중풍을 앓아온 그는 치매 증상까지 겹쳤다. 경제적 어려움까지 더해 삶을 비관했다. 아들과 함께 산다는 이유로 A씨는 기초생활보장

수급 혜택도 받지 못했다. 하지만 아들 역시 척추 건강 문제로 1천만 원 상당의 값비싼 병원 치료를 받아야 하는 상황이었다. 돈 안 들고 확실하게 죽는 방법이 있는가. A씨가 정 교수에게 한 질문이었다.

A씨의 사연이 너무 안타까워 베테랑 정 교수마저도 상담에 어려움이 있을 정도였다고 한다. 정 교수는 "얼마나 힘들까 충분히 공감해 주고 잘 경청했지만, 노인성 질환 및 경제적 어려움 등 근본적인 문제를 해결해 주는 데에는 난항이 있었다"라며 "A씨를 보건복지부가 운영하는 '129 보건복지콜센타'를 연계해 도움의 손길을 줬다"라고 전했다.

**황혼 자살, 막기 위해서는**

육체적 건강 악화와 최악의 경제적 상황까지 겹쳐 극단적인 생각을 하던 A씨는 상담을 통해 정부의 도움을 받을 수 있었다. A씨의 사례처럼 전문가의 도움을 받는다면 어르신들의 자살시도를 더 많이 막을 수 있을 것이다. 하지만 A씨처럼 상담을 받으려는 자살 고위험군 노년층의 숫자가 많지 않다는 게 문제다.

정 교수에 따르면 센터에서 상담을 받는 노년층은 청소년과 중년층에 비교해 적다. 상담에 대한 편견과 부정적인 인식이 다른 연령대보다 높기 때문이다. 정 교수는 "노년층은 상담을 받는다고 상황이 달라지지 않을 것이라는 부정적 편견을 갖고 계시고, 생활고나 육체적 질병을 (자살 예방) 상담을 통해 해결될 수 없다고 본다"라며 "이 때문에 노년층은 상담을 통해 적극적으로 도움을 요청하지 않는다"고 이유를 설명했다.

하지만 황혼 자살을 막기 위해서는 전문가의 도움이 중요하다. 정 교수는 상담을 통해 극단적인 생각을 하던 어르신의 소중한 생명을 살릴 수 있었다고 증언했다. 유서를 작성해서 늘 소지하고 다녔다는 B모 씨(68)는 아내와 이혼 후 홀로 거주하며 외로움을 술로 달랬다. 엎친 데 덮친 격 딸과의 불화로 투신자살을 시도했던 B씨. 다행히 시도는 실패로 끝났고, 정 교수에게 상담을 받게 됐다.

정 교수가 상담해보니 B씨에게는 자살위험이 내재해 있음을 알 수 있었다. 딸이 자신의 힘든 사연을 알아주길 바라는 마음도 있었다. 정 교수는 B씨 딸의 연락처를 알아냈고, 그에게 아버지의 상담 내용을 전했다. 딸로서 아버지의 힘든 마음을 위로해주라는 당부를 했다. 상담 이후 B씨는 한층 밝아졌다. B씨는 현재 노인복지관에서 진행하는 프로그램에도 참여하고, 자살위기에서 벗어나게 됐다고 정 교수는 전했다.

**자살 징후, 황혼은 다르다.**
노년층 자살을 예방하기 위해서는 전문가들의 도움도 필요하지만, 가족 등 주변 지인들의 관심과 노력도 중요하다. 특히 황혼 자살의 경우 다른 연령대의 자살과는 징후가 다르기 때문에 좀 더 주의를 기울여야 한다. 정 교수는 "노년층 자살은 잘 표현하지 않고, 혼자서 계획하고 있다는 게 특징이다. 내색하지 않으려고 한다"라며 "힘드시냐고 여쭤봐도 '괜찮다'라고 답한다"라고 설명했다.

하지만 자살 징후를 완벽하게 감추는 것도 아니다. 정 교수는 "잘 표현하지 않는 게 특징이라 잘 알 수 없다"라면서도 "간단한 한마디로 (자살 징후를) 표현한다"라고 말했다. ▲ 갈 때가 됐지 ▲ 신세만 지고~ ▲ 자식들 부담만 되고~ ▲ 살 만큼 살았지 등이 바로 그것이다. 그는 "간단한 표현에 관심을 가져야 한다"라며 "말을 하지 않아도 표정이 어둡고, 최근 행동에서 다른 모습을 보이거나 뭔가 이상하다고 느낄 때 위험징후라고 보면 된다"고 설명했다.

어르신들이 한국자살예방센터장 정택수 우석대 교수의 강의를 경청하고 있다.(사진= 정택수 한국자살예방센터장 제공)

주변 어르신의 자살 징후를 눈치챘다면 망설이지 말아야 한다고 정 교수는 강조했다. 그는 "위험징후 혹은 자살위험이 내재했다고 느낄 때 망설이지 말고 바로 가까운 전문 기관 및 자살예방센터(1577-0199, 1588-9191, 1393)에 도움을 요청해야 한다"라며 "휴대전화를 받지 않거나 큰 위험이 있다고 판단되면 주저 없이 112에 신고해야 한다"라며 골든 타임을 놓치지 말아야 한다고 당부했다.

정 교수는 "어르신들은 정말 소중하신 분이다. 우리가 모두 소중한 존재"라며 "하나밖에 없는 생명, 하나뿐인 소중한 나"라고 말했다. 그는 "노인분들은 과거 힘들었을 때 경제 발전의 주역이시고, 고생을 많이 하신 분이다. 이런 분들이 마지막을 자살로 끝내서는 안 된다"며 "노인은 박물관과 도서관이라고 비유할 정도로 귀중하고, 소중한 존재. 자살로 생을 마감하지 않도록 우리 모두 더욱 관심과 사랑이 필요하다"라고 덧붙였다.

## 노인 생명존중 자살 예방을 위한 제언

우리나라는 자살이 높은 나라이다. 2018년 자살 사망률은 26.6명으로 전년(24.3명)보다 2~3명 늘어났습니다. 지난해 자살로 사망한 사람은 1만 3670명으로, 하루 평균 37.5명이 스스로 목숨을 끊었으며, 이는 OECD(경제협력개발기구) 국가 가운데 가장 높은 수치입니다.

지난해 자살률은 80세 이상 연령층을 제외한 전 연령층이 증가하였고, 고령자층은 자살이 소폭 늘어났습니다. 즉 70대는 지난해 자살률이 48.9명으로 전년(48.8명)보다 별 차이가 없었고, 80세 이상은 지난해 69.8명으로 전년(70명)보다 소폭 줄어들었습니다. 한국보건사회연구원이 지난해 발표한 '2017 노인실태조사'에 의하면, 65

세 노인의 21.1%가 우울 증상은 있었고, 6, 7%는 자살을 생각해 본 적이 있다고 하였습니다. 자살을 생각해 본 적이 있는 노인들 가운데 13.2%는 '자살을 시도한 경험이 있다'라고 답했습니다. 자살을 생각해 본 적이 있는 65세 이상 노인 가운데 27.7%는 생활비 문제가 원인이었습니다. 다음으로 건강 문제가 27.6%, 부부·자녀·친구와의 갈등과 단절이 18.6%로 나타났습니다.

이런 통계자료를 토대로 노인 자살 예방을 위한 제언을 하고자 합니다. 필자(정택수)는 청소년부터 노인에 이르기까지 생명의 소중함을 사명감으로 생명존중 자살 예방교육과 자살위기상담전문가로 활동을 하면서, 특히 노인들 대상 생명존중 교육에 더욱더 정성을 다하고 있습니다.

사회복지관 및 노인대학의 어르신들을 만날 때마다 과거에 경제적으로 어렵고 힘들었던 시절에 얼마나 힘들었을까? 하는 마음이 늘 가슴에 새겨져 더욱 어르신 한 분 한 분에게 감사하는 마음과 존경하는 마음을 갖고 강의에 임합니다. 꼭 하는 말은 "어르신들은 보석입니다. 어르신 분들은 도서관입니다. 어르신 한 분이 돌아가시면 도서관 하나가 불탄 것과 같습니다. 그만큼 어르신들은 소중한 존재입니다"

우리는 이젠 생명, 자살에 대한 인식을 전환해야 합니다. 하나뿐인 소중한 생명임에도 불구하고 너무 쉽게 생명을 경시하는 우리의 문화에 대한 인식이 변화되어야 합니다. 청소년 등 젊은 사람들은 스마트 시대에 살고 있으면서 너무 생명을 쉽게 생각하고 쉽게 자해하거나 죽으면 모든 게 끝났다는 이기적 자살을 생각합니다. 그러나 분명 남겨진 사람들은 최고 6명에서 10명이 평생 마음의 상처를 안고 살아갑니다.

나만 죽으면 되는 게 아니라 가족 및 친척, 지인들 그 누군가에게 마음의 상처와 큰 짐을 주게 됩니다. 특히 노인들은 자식들 다 키워서 결혼을 시키면 이젠 내가 할 일 다 했다고 합니다. 이젠 죽어도 된다고 종종 말합니다. 정작 자신의 삶이 없이 자식 위주의 삶을 살아오다 보니 그런 말을 하게 됩니다. 그러나 인생의 아름다운 마무리가 중요합니다. 사람은 죽은 뒤 그 사람을 평가합니다. 아무리 성공하고 출세하더라도 어떻게 죽느냐가 중요합니다. 화려한 젊은 시절 성공했는데 인생의 끝자락에서 자살로 삶을 끝낸다면 최악의 죽음입니다.

한 사람은 젊은 시절 어렵게 살았지만, 인생의 후반전을 남을 위해 봉사하고 도우면서 아름다운 죽음을 맞이했다면 많은 사람의 존경을 받을 것입니다. 자살은 가장 불행한 죽음입니다. 가장 불명예스럽고 죄를 짓는 죽음이요. 살인행위입니다. 타살만이 살인이 아니며, 자살도 살인행위입니다. 이제 자살에 대한 인식을 전환해야 합니다.

노인 자살 예방을 위한 대안으로 첫째, 노인 우울증 예방입니다. 우울증은 자살 생각이나 충동을 일으키는 위험한 정신적 질환입니다. 혼자 있는 시간을 줄이고 복지관 프로그램에 참석하거나, 걷기 및 산책하기 등 유산소 운동을 햇빛을 보면서 하시는 것이 좋습니다. 노래 부르기, 취미활동, 친구들과 대화 많이 나누기, 많이 웃고 긍정적인 생각을 하시기 바랍니다.

둘째로 노년기에 삶의 의미를 찾아야 합니다. 자살이 위험한 사람들을 만나보면, 삶의 의미가 없다(무의미)고 하소연합니다. "이제 살 만큼 살았으니 더 살아 뭐해요? 왜 사는지 모르겠어요. 삶의 의미가 없어요."라고 말합니다. 자식들 다 시집과 장가보내고 할 일 다 했다고 생각하시는 분들도 계십니다.

어르신 개인에 대한 삶의 의미를 찾으셔야 합니다. 그동안 해보지 못한 일, 하고 싶은 일, 나만을 위한 시간을 갖고 남은 삶에 의미를 찾으셔야 합니다. 예를 들면 '나의 자서전 쓰기'를 통해 나의 삶을 후손들에게 들려주는 것도 좋은 의미입니다. 또한, 이야기 할머니(할아버지)로 어린 아이, 젊은 사람들에게 어른의 지혜를 들려주는 것도 의미 있는 삶입니다. 일본의 시바타도요 할머니는 100세 시인으로 시집이 베스트셀러가 되어 유명인이 되었고, 92세에 시집을 낸 '소녀 시인' 오금자 시인 스토리도 우리에게 감동을 주고 있습니다.

셋째로 건강관리입니다. 나이 들어가며 노인성 질환은 발생할 수 있겠지만, 개인의 능력을 고려해서 개인에 맞는 운동을 권장합니다. 실제로 미국의 텍사스 대학에서는 유산소 운동으로 우울증 환자를 50% 완화 시켰다는 보고가 있었습니다. 걷기, 산책하기, 달리기, 마라톤 등 자신의 능력에 고려해서 꾸준한 운동이 중요합니다. 운동은 우울증, 치매 예방에 이르기까지 건강관리에 매우 좋습니다. 소극적인 운동이지만 개인 몸 마사지(머리끝에서 발끝까지) 와 스트레칭도 실내에서 가능합니다.

넷째로 우리 모두 생명 지킴이(Gate keeper)가 되어야 합니다. 건강한 어르신이 혼자 사는 어르신, 힘겨운 분들에게 관심을 두고 말벗이 되어주는 역할을 해주어야 합니다. 우리들의 관심이 한 생명을 살릴 수 있습니다.

Are your OK? (괜찮으세요?) 많이 힘들어 보이는데 괜찮나요? 우리 이웃에 대해 안부를 물어봐야 합니다. 자살사망자의 92%는 죽기 직전에 누군가에게 죽고 싶다는 징후를 보였습니다. 그런데 82%의 가족이나 지인 분들은 징후를 알아차리지 못했습니다. 자세히 보이면 보입니다. 언어적, 정서적, 행동적으로 분명히 징후를 보입니다. 우리 모든 국민이 생명 지킴이가 되어야 합니다. 늘 생명존중 교육을 하면서 우리 국민 모두 기본적인 생명존중 교육을 하고 싶은 심정입니다.

"생명은 하나밖에 없습니다." "생명은 소중합니다." 이 세상에 태어난 우리는 모두 잘살아야 합니다. 우리의 생명을 소중하게 생각하고 자살을 예방해야 합니다. 특히 우리 어르신들은 보석이요, 도서관처럼 소중한 분들이기 때문입니다.

## "하나뿐인 소중한 생명", 자살 예방 및 대책

우리나라는 자살이 높은 나라로 2019년 자살 사망률은 26.9명이었습니다. 지난해 자살로 사망한 사람은 1만3799명으로, 하루 평균 38명이 스스로 목숨을 끊었으며, 이는 OECD(경제협력개발기구) 국가 가운데 가장 높은 수치입니다. 최근 코로나 19 바이러스 장기화로 인해 소상공인들과 자영업자 등 많은 사람이 경제적 어려움을 호소하고 있고 사람들과의 접촉이 제한되어 코로나블루(코로나우울증)과 코로나 분노 가중(코로나레드)이 되어 자살 고위험요인들이 증가하고 있습니다.

지난해 자살은 사망원인 5위이며, 특히 10대에서 30대 사망원인

1위가 자살이었으며, 특이 20대 여성이 자살률이 높았습니다. 이는 취업에 대한 어려움과 연예인 자살로 인한 베르테르효과의 원인으로 보입니다. 노인자살을 보면, 80세 이상 연령층을 제외한 전 연령층이 증가하였고, 고령자층은 자살이 소폭 늘어났습니다. 즉 70대는 지난해 자살률이 48.9명으로 전년(48.8명)보다 별 차이가 없었고, 80세 이상은 지난해 69.8명으로 전년(70명)보다 소폭 줄어들었습니다. 한국보건사회연구원이 지난해 발표한 '2017 노인실태조사'에 의하면, 65세 노인의 21.1%가 우울 증상이 있었고, 6, 7%는 자살을 생각해 본 적이 있다고 하였습니다. 자살을 생각해 본 적이 있는 노인들 가운데 13.2%는 '자살을 시도한 경험이 있다'라고 답했습니다. 자살을 생각해 본 적이 있는 65세 이상 노인 가운데 27.7%는 생활비 문제가 원인이었습니다. 다음으로 건강 문제가 27.6%, 부부·자녀·친구와의 갈등과 단절이 18.6%로 나타났습니다.

이런 통계자료를 토대로 대한민국 자살 예방을 위한 제언을 하고자 합니다. 필자(정택수)는 청소년부터 노인에 이르기까지 생명의 소중함을 사명감으로 생명존중 자살 예방교육과 자살위기상담전문가로 활동을 하고 있습니다.

우리는 이젠 생명, 자살에 대한 인식을 전환해야 합니다. 하나뿐인 소중한 생명임에도 불구하고 너무 싶게 생명을 경시하는 우리의 문화에 대한 인식이 변화되어야 합니다. 청소년 등 젊은 사람들은 스마트 시대에 살고 있으면서 너무 생명을 쉽게 생각하고 쉽게 자해하거나 죽으면 모든 게 끝났다는 이기적 자살을 생각합니다. 그러나 분명 남겨진 사람들은 최고 6명에서 10명이 평생 마음의 상처를 안고 살아갑니다. 나만 죽으면 되는 게 아니라 가족 및 친 적, 지인들 그 누군가에서 마음의 상처와 큰 짐을 주게 됩니다. 특히 최근 우리 국민에게 인기가 많았던 개그맨 박지선 씨와 어머니의 극단적 선택으로 코로나 우울증과 함께 베르테르효과의 부정적 요인들이 우려되고 있습니다. 연예인이 자살하게 되면 평균 600명이 자살 행동을 한다는 보고가 있습니다. 국민배우 최진실 씨는 1006명이 자살 행동을 한 것으로 분석되고 있는데, 이번 박지선 씨는 크나큰 영향력이 있지 않나 생각해 봅니다. 자살은 어떠한 이유라도 정당화될 수 없습니다. 정말 안타까운 마음입니다.

정말 자살은 자기 자신을 죽이는 살인행위이며 가장 불행한 죽음입니다. 사람들은 자연사를 통해 인생의 아름다운 마무리가 중요합니다. 사람은 죽은 뒤 그 사람을 평가합니다. 아무리 성공하고 출세하더라도 어떻게 죽느냐가 중요합니다. 화려한 젊은 시절 성공했는데 자살로 삶을 끝낸다면 최악의 죽음입니다. 젊은 시절 평범하게 어렵게 살았지만, 인생의 후반전을 남을 위해 봉사하고 도우면서 아름다운 죽음을 맞이했다면 많은 사람의 존경을 받을 것입니다. 자살은 가장 불명예스럽고 죄를 지은 죽음이요. 살인행위입니다. 타살만이 살인이 아니며, 자살도 살인행위입니다. 이제 자살에 대한 인식을 전환해야 합니다.

자살 예방을 위한 대책으로 첫째, 우울증 예방입니다. 우울증은 자살 생각이나 충동을 일으키는 위험한 정신적 질환입니다. 혼자 있는 시간을 줄이고 지자체 구청과 동사무소, 복지관 프로그램에 참석하거나, 걷기 및 산책하기 등 유산소 운동을 햇빛을 보면서 하시는 것이 좋습니다. 노래 부르기, 취미활동, 친구들과 대화 많이 나누기, 많이 웃고 긍정적인 생각을 하시기 바랍니다.

둘째로 우리는 살아가면서 삶의 의미를 찾아야 합니다. 자살이 위험한 사람들을 만나보면, 삶의 의미가 없다(무의미)고 하소연합니다. "왜 사는지 모르겠어요. 삶의 의미가 없어요."라고 말합니다. 특히 어르신들을 상담해 보면, 자식들 다 시집과 장가 보내고 할 일 다 했다고 생각하시는 분들도 계십니다. 어르신들도 개인에 대한 삶의 의미를 찾으셔야 합니다. 그동안 해보지 못한 일, 하고 싶은 일, 나만을 위한 시간을 갖고 남은 삶에 의미를 찾으셔야 합니다. 예를 들면 "나의 자서전 쓰기"를 통해 나의 삶을 후손들에게 들려주는 것도 좋은 의미입니다. 또한, 이야기 할머니(할아버지)로 어린아이, 젊은 사람들에게 어른의 지혜를 들려주는 것도 의미 있는 삶입니다. 일본의 시바 타도요 할머니는 100세 시인으로 시집이 베스트셀러가 되어 유명인이 되었고, 92세에 시집을 낸 '소녀 시인' 오금자 시인 스토리도 우리에게 감동을 주고 있습니다.

셋째로 건강관리입니다. 개인의 능력을 고려해서 개인에 맞는 운동을 권장합니다. 실제로 미국의 텍사스 대학에서는 유산소 운동으로 우울증 환자를 50% 완화 시켰다는 보고가 있었습니다. 걷기, 산책하기, 달리기, 마라톤 등 자신의 능력에 고려해서 꾸준한 운동이 중요합니다. 운동은 우울증, 치매 예방에 이르기까지 건강관리에 매우 좋습니다. 소극적인 운동이지만 개인 몸 마사지(머리끝에서 발끝까지) 와 스트레칭도 실내에서 가능합니다.

넷째로 우리 모두 생명 지킴이(Gate keeper)가 되어야 합니다. 건강한 어르신이 혼자 사는 어르신, 힘겨운 분들에게 관심을 두고 말벗이 되어주는 역할을 해주어야 합니다. 우리들의 관심이 한 생명을 살릴 수 있습니다. Are your OK? (괜찮으세요?) 많이 힘들어 보이는데 괜찮나요? 우리 이웃에 대해 안부를 물어봐야 합니다. 자살사망자의 92%는 죽기 직전에 누군가에게 죽고 싶다는 징후를 보였습니다. 그런데 82%의 가족이나 지인분들은 징후를 알아차리지 못했습니다. 자세히 보이면 보입니다. 언어적, 정서적, 행동적으로 분명히 징후를 보입니다. 우리 모든 국민이 생명 지킴이가 되어야 합니다.

늘 생명존중 교육을 하면서 우리 국민 모두 기본적인 생명존중 교육을 하고 싶은 심정입니다.

"생명은 하나밖에 없습니다.""생명은 소중합니다."이 세상에 태어난 우리는 모두 잘살아야 합니다. 우리의 생명을 소중하게 생각하고 자살을 예방해야 합니다.

## 청소년 자살, 어떻게 예방할 것인가?

### 1. 들어가는 말

우리나라는 안타깝게도 OECD 국가에서 리투아니아에 이어 자살률 2위로 2017년 한해 12,463명이 자살로 생을 마감하였다. 최근 서울시여성가족재단이 서울 시내 초·중·고등학생 2100여 명을 조사한 결과, 10명 중 4명이 학업 문제와 가정불화 등의 이유로 최근 1년 동안 자살 생각을 해본 적이 있다고 한다. 또한, 충북 지역의 중학생 19%, 고등학생 16%, 대학생 13%가 한 달에 한 번 자살을 생각하는 것으로 밝혀졌다. 2016 교육부 통계에 따르면 초등학생부터 고등학생 청소년 108명이 스스로 목숨을 끊었다. 이렇듯 청소년 자살은 매년 세 자리 숫자의 자살자가 발생하고 있다. 청소년들은 4명 중 1명이 자살 생각이 증가하고 있으며, 다양한 이유로 스트레스를 받는 것으로 조사됐다. 이에 따라 날로 증가하고 있는 청소년 자살에 대한 원인을 진단하고 어떻게 하면 청소년 자살을 예방 할 수 있는지 알아보고자 한다.

## 2. 청소년기 특징

청소년기에는 남자는 남성 호르몬, 여자는 여성 호르몬의 영향으로 성적 성숙뿐만 아니라 신체적 발달과 더불어 인지적 능력, 즉 사고와 판단 능력이 확대된다. 또한, 도덕, 가치, 이상의 발달로 사회적 제약과 도덕과의 갈등을 경험하게 되고 이를 해결하기 위한 복잡한 사고과정을 하게 된다.

즉, 청소년기는 아동기에서 성인기로 가는 과도기적인 상태이며 신체적, 정신적으로 가장 많은 변화와 경험을 하게 되는 시기라고 할 수 있다. 또한, 청소년기에는 인지적 발달로 인해 폭넓은 지식을 빠른 시간 내에 축적할 수 있게 되며, 미래와 사회의 본질에 대해 사고하고 현실과는 다른 이상주의와 유토피아를 상상한다. 도덕과 이상이 향상되므로 부모세대의 모순과 사회적 제도에 대한 의문을 증폭시키고 권위에 반항하는 특성을 표현한다.

이러한 특성이 부모에게서 독립하고자 하는 욕구와 결합하면서 부모의 이상을 지나치게 반박하고 여러 가지 갈등을 낳는다. 청소년기에는 자신이 누구이며, 어떻게 살기를 원하는지에 대한 불분명한 정체감, 어떤 직업을 선택해야 할지, 언제 누구와 결혼을 할까? 혹은 어디서 살 것이며, 어떻게 여가를 보낼 것인지 등 모든 것을 결정하기 어려워진다.

### 3. 청소년기 자살 취약 요인

1) 청소년기 스트레스 및 고민 문제

청소년기에는 무엇보다 학교생활과 전반적인 생활에서 스트레스를 많이 받고 있다. 2010년 청소년(15~24세)의 69.6%가 「전반적인 생활」에서 스트레스를 받고 있다고 응답하였으며, 2008년(56.5%)과 비교하면 13.1% 증가하였다.

2010년 통계에 의하면 청소년(15~24세)이 가장 고민하는 문제는 「공부(38.6%)」와 「직업(22.9%)」으로 나타났다. 2002년 청소년은 「공부(39.8%)」와 「외모와 건강(19.7%)」에 대해 가장 많이 고민한 것으로 나타났다.

20~24세의 경우 2002년은 「직업」 때문에 고민한 비중이 8.6%에 불과하였으나, 2010년은 38.5%로 크게 증가하였다.

2) 청소년 자살에 대한 충동 여부 및 이유

2010년 청소년(15~24세)의 8.8%가 지난 1년 동안 한 번이라도 자살하고 싶다는 생각을 해 본 적이 있는 것으로 나타났다. 자살하고 싶었던 가장 큰 이유는 15~19세는「성적 및 진로 문제(53.4%)」, 20~24세는「경제적 어려움(28.1%)」과「직장문제(15.8%)」이었다.

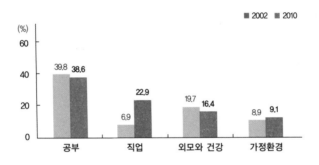

〈학생 자살사망 현황('05~10)〉 * 교과부 '학생자살사망 현황'(2012년 참조)

| 징후 | 실직/<br>부도/궁핍 | 가정불화<br>/기타 | 염세<br>비관 | 신체결함<br>/질병 | 여성<br>관계 | 성적<br>비관 | 폭력/집단<br>괴롭힘 | 기타<br>(미상) | 계 |
|---|---|---|---|---|---|---|---|---|---|
| 2005 | 7 | 32 | 30 | 11 | 10 | 10 | 2 | 33 | 135 |
| 2006 | 6 | 26 | 26 | 2 | 12 | 13 | 0 | 23 | 108 |
| 2007 | 3 | 50 | 29 | 7 | 9 | 19 | 1 | 24 | 142 |
| 2008 | 0 | 54 | 20 | 3 | 9 | 17 | 2 | 32 | 137 |
| 2009 | 1 | 69 | 27 | 7 | 12 | 23 | 4 | 59 | 202 |
| 2010 | 5 | 46 | 28 | 0 | 10 | 18 | 1 | 38 | 149 |
| 계<br>(비율) | 22(2.5) | 277<br>(31.8) | 160<br>(18.4) | 30<br>(3.5) | 62<br>(7.1) | 100<br>(11.5) | 10<br>(1.2) | 209<br>(24.0) | 870<br>(100) |

(단위 : 명)

그러나 최근 5년간(2005~2010년) 학생 자살사망 원인을 살펴보면, 가정불화가 가장 많았다. 이를 비교·분석해 보면 평상시 청소년들은 성적 및 진학문제로 많은 고민과 자살 충동을 느끼는 것을 알 수 있으나 자살로 사망한 원인은 가정불화가 가장 많음을 알 수 있다. 따라서 자살 행동으로 귀중한 생명을 보호하기 위해서는 가정의 역할이 중요하다고 할 수 있다.

### 4. 자살의 징후, 어떻게 대처해야 할 것인가?

자살의 징후[1]는 자살을 예방하기 위해 매우 중요하다. 연구에 의하면 자살한 사람들의 80% 이상이 자살하기 전(前) 자살징후를 보인다고 한

> [1] 자살예방교육 매뉴얼 (2012,중앙자살예방센터), p40~42, <표1> 참고

다. 분명 자살징후는 우리 모두에게 볼 수 있고 초대(Invitation)되어 온다. 그러기에 좀 더 주의 깊게 관심을 가지고 경각심을 갖고 한 발짝 더 관심을 가져야 한다.

그냥 설마 무시하고 회피하고 지나치면 귀중한 생명을 잃게 된다. 그러면 자살징후는 누가 가장 잘 식별할 수 있을까? 청소년들은 자살하고 싶은 마음을 누구에게 말할까? 그것은 부모님, 선생님도 아니고 친구에게 말한다.[2] 그러기에 학생들에게 이런 자살징후 식별, 조치요령 등 전반적인 생명 지킴이(Gate keeper) 교육과 또래 상담 활동이 매우 중요하다.

> [2] NECA원탁회의(P20, 표13)

친구가 힘들어하고 자살징후가 분명 있는데도 불구하고 모른 체한다면 친구의 생명은 잃게 된다. 징후 식별 시 즉시 담임 선생님이나 상담 선생님에게 알리도록 교육해야 한다. 먼저 학교장님으로부터 교사, 학부모들에 대한 자살 예방 교육이 선행되어야 한다. 친구가 알고 있다면 모른 체한다면 친구를 잃게 된다. 위험징후 발견 시 즉시 상담 선생님, 담임 선생님에게 알려야 한다.

자살은 분명 예방할 수 있고 우리 모두의 관심과 사랑이 필요하다. 우리는 누구에게나 예감, 직감이 있다. 그냥 지나치지 말고 경각심을 가져야 한다. 즉 경각심(Alertness)이란 '뭔가 있을 것 같은데…. 하는 생각(자살징후와 관련된 뭔가가 있을 것 같은 예감)이라 할 수 있다. 설마 하고 놓치거나(Miss), 무시하거나(Dismiss), 회피(Avoid)하는 경우의 잘못된 관념을 없애야 한다.

조금이라도 이상한 징후, 느낌이 든다면 망설이지 말고 참견하고 주의를 기울이고 자살에 관해 물어봐야 한다. 이는 자살을 생각하는 고위험군 청소년들에게 매우 중요한 질문이다. ○○야! 표정이 안 좋아 보인다. 요즘 힘든 일 있어? 친밀감 형성을 하고 어느 정도 대화를 나누고 자살 예방을 위한 중요한 질문을 해야 한다. "그렇다면 최근 너무나 힘들어 자살을 생각해 본 적이 있어?" 처음에는 괜찮다고 할 수 있다. 그러면 그냥 그런가 보다 생각되어 지나치지 말고 "선생님(엄마)이 보기엔 힘들어 보이는데 얘기 해줄 수 있어?" 그래도 괜찮다고 하거나 말을 하지 않아 염려된다면 전문상담교사 혹은 전문가에게 의뢰해서 상담을 해보는 것이 좋다.

얼마 전 TV조선3)에서 주로 부모님들(자살한 자녀를 둔 부모) 인터뷰를 통해 볼 때 "먹고 살기 힘든데……." "설마 우리 아이가……." 동반 자살모집을 통해 나온 17세 여학생은 집에서 엄마와 아빠가 매일 싸우고 자신에게 신경을 쓰지 않아 죽고 싶다고 하였다. 손목을 그어보고 옥상에도 올라간 경험이 있는 자살 고위험군 학생이었다. 이런 사실에 대해 부모님은 모르고 있었다.

3) TV조선 "당신이 잠든 사이"(10.8 방송분)

부모님은 힘들다고 하여도 알아주지 않았고 무관심하였다. 학생의 어머니를 만나 인터뷰를 해보니 먹고 살기 힘들어서 딸을 챙겨주지 못했다고 하였다. 결국, 자살위험징후를 알아차리지 못했다. 모든 부모님이 "설마 우리 애는 아니겠지?" 옛말에 "설마가 사람 잡는다"라는 말을 잊어서는 안 된다.

학교에서도 왕따, 따돌림 당해도 참아봐라, 그런 것 참고 이겨내지 못하면 앞으로 힘든 사회생활 어떻게 하려고 하느냐? 이런 어른들, 부모님들의 생각이 청소년 자살의 경각심이 없는 위험한 생각이다.

| 징후 | 특 징 |
| --- | --- |
| 성격 변화 | 현저하게 슬프고, 비사교적, 화를 잘 내고, 냉담하던 청소년이 심각한 우울감 호소 후 성격이 갑자기 변해서 증상들의 상당 부분이 개선됨 |
| 우울 | 극도의 불행과 무기력을 나타냄 |
| 죽음에 관하여 이야기함 | 죽음에 관해 유달리 몰두함. 죽음 후에 무슨 일이 일어나는지 질문, 결심을 적어 두거나 변화시킨 것에 관해 이야기함 |
| 자살에 대한 직접적/간접적 암시들 | 자신의 삶이 무가치하거나 아무도 관심을 가지지 않는다고 말함 |
| 분위기나 행동의 이유 없는 변화 | 대개 삶에 관한 감각이 극도로 부정적임. 통상적인 활동이나 취미생활에 참여하지 않거나 그것을 즐기지 못함. 한때 즐거움을 주던 컴퓨터 게임이나 농구 같은 취미생활에 더 이상 흥미가 없음 |
| 수면, 식사 습관의 변화 | 잠을 더 많이 자거나 잠이 없어지며 식사를 더 많이 하거나 적게 하는 것 등의 변화가 있음 |
| 용모의 변화 | 머리카락이나 옷차림에 신경을 안 쓰거나 꾀죄죄함. 체중이 급격히 증가 / 감소함. 얼굴 표정이 무감각해 보이고 변화가 없어 보임. 눈빛이 분명하게 움직이지 않고 생기가 없고 어두움 |
| 후퇴와 단절 | 주변 사람들과 의사소통을 거의 하지 않음. 가족과 친구를 피함 |
| 절망감 | 현재 상황이나 미래에 대해 희망이 없음 |
| 약물 증가 | 약이나 알코올을 지나치게 복용함 |
| 화, 공격적 행동 | 성격이 급해지거나 쉽게 화를 냄 |
| 불안 | 안절부절못함. 안달함. 전전긍긍함 |
| 소유물 정리 | 특별히 좋아하거나 귀하게 여기던 것들을 남에게 줌 |

〈표1〉 청소년기 자살위험징후

| 대상자 | 자살시도 전에 알리는 자 (N=25) | 자살시도 후에 알리는 자 (N=28) |
|---|---|---|
| 아버지 | 1 | 5 |
| 어머니 | 2 | 6 |
| 형제/자매 | 0 | 1 |
| 친구 | 11 | 8 |
| 선생님 | 0 | 1 |
| 전문가 | 1 | 3 |
| 기타 | 0 | 1 |
| 없다 | 10 | 3 |

〈표2〉 자살시도 전·후 알리는 대상재(참고자료 : NECA원탁회의)

## 5. 청소년자살위험증가 및 감소요인

### 1) 청소년자살위험증가 요인

청소년들은 가정의 보호, 부모님의 보호를 받아야 하고 자살에 미치는 영향은 가정에 있다. 안정되고 행복한 가정이라면 청소년자살위험은 감소할 수 있으나 그렇지 않은 가정에서는 청소년자살위험이 증가할 수 있다. 즉 부모의 불화, 가정폭력, 결별, 이혼 등을 볼 수 있다. 부모님에 의한 청소년 스트레스 영향이 가장 큰 위험요인이다. 부모님의 악영향으로 아버지에 의한 폭력, 알코올 중

독으로 인한 가정폭력 행위, 엄마의 공부성적 지나친 스트레스, 공부 가중으로 인한 스트레스이다. 또한 부모님이 다른 친구와 비교해서 자녀의 열등감을 조성시키고 자아 존중감을 저하시키는 행위로 인해 자살위험이 증가된다. 일차적으로 청소년들에게 가장 중요한 요인이 가정의 문제이다. 둘째로는 학교문제이다. 학생들이 학교 활동에 차지하는 비중은 70% 이상일 것이다. 그런데 학교생활에서 왕따, 따돌림, 괴롭히는 학생, 선생님들과 관계 형성 어려움이 있다면 학생은 학교를 지옥 같다고 표현한다. 실제로 자살위기상담을 하다 보면 "정말 학교가 지옥 같아요.", "숨이 막혀요" 하루를 버티기 힘들다고 표현한다. 이와 관련하여 부모님과 상의해서 학생의 현재 문제를 해결해 주어야 한다.

학교생활에서 학생이 친구 관계의 어려움을 호소한다면 자살위험이 매우 큰 상태임을 알아야 한다. 셋째로 청소년 개인 문제, 즉 성격적 문제 및 정신질환 문제 등이다. 이는 앞에 언급한 가정문제, 학교문제와 연관될 수 있다. 소심하고 내성적인 학생, 친구들과 잘 어울리지 못하는 성격을 들 수 있다. 이로 인해 대인관계 어려움 호소, 대인기피증, 대인공포증, 우울증으로 야기되어 자살에 이를 수 있다.

우리나라 청소년 자살증가 요인으로 서열 중심, 공부 우열중심으로 잘하면 성공, 못하면 실패로 생각하는 경향이 두드러져 왔다. 부모님들에 의한 지나친 경쟁 중심에서 우수학생만이 살아남든 다는 생각, 진로 적성과 무관한 명문고, 명문대 입학 선호가 결국 청소년들의 자살 위험이 증가한다고 볼 수 있다.

## 2) 청소년자살위험감소 요인

앞에서 언급한 청소년 자살위험증가요인들을 잘 인식하고 이에 대해 어떻게 하면 감소시켜야 할 것인지 생각해 보아야 한다. 먼저 가정에서 청소년들을 안정적 환경 마련이 중요하다. 청소년은 아직도 부모의 도움을 받아야 할 시기이다. 돌봄이 필요한 시기이기에 부모의 따뜻한 관심과 사랑이 필요하다. 무엇보다 부모 관계가 좋아야 한다. 부모가 다정다감하고 화목하고 사랑이 넘친다면 청소년들은 심리적 안정이 되어 공부도 잘되고 자아존중감도 증가할 것이다. 적성과 진로를 고려하지 않고 무조건 명문고, 명문대학 진학을 목표로 하지 말아야 한다.

자녀의 특성을 고려해서 진로 적성을 고려해서 학교, 학과 선택을 해야 한다. 학원 학업에 지나친 과욕으로 인한 스트레스를 줄여 주어야 한다. 학교에서도 친구 관계, 선생님과의 관계 형성이 중요하다. 공부뿐만 아니라 동아리 활동, 체육활동 등 다양한 사회적 활동이 증가하여야 한다. 청소년 개인의 사회적 관계 형성, 자아 존중감 향상 노력 또한 소중하다. 자신의 성격적 문제, 자아 존중감 향상을 위한 전문적 상담을 통해 자살위험을 감소시켜야 한다. 청소년들은 공부에 대한 스트레스를 많이 받지만 먼저 가정의 안정이 가장 중요하다. 공부 스트레스를 줄여주고 친구 관계, 사회적 관계 형성이 중요하고 자아 존중감을 증가시켜야 하며 스트레스 대처능력도 향상되어야 자살위험이 감소할 수 있다.

## 6. 교사(부모)가 하지 말아야 할 행동

청소년 자살을 예방하기 위해서 부모가 하지 말아야 할 행동은 무엇보다 가정에서 모범을 보여야 한다. 행동, 말 한마디가 자녀에게 미치는 영향이 크기 때문이다. 무심코 한 말이 자녀에게 마음의 상처가 되고 자살 행동으로 이어질 수 있다. 청소년 자살의 특징은 충동적이기 때문이다. 너는 누구를 닮아서 그 모양 그 꼴이냐? 뭐가 되려고 그러느냐, 누구 좀 보고 배워라 등이다. 즉 누구를 비교해서 무시하고 자아 존중감을 저하하는 말 들은 삼가야 한다. 또한, 잦은 술자리, 알코올에 의한 가정폭력 행위, 인격 모독행위 등을 하지 말아야 할 것이다. 구체적으로 부모가 하지 말아야 할 말을 아래 표를 참조하기 바란다.

〈교사(부모)가 하지 말아야 할 말〉

"너는 기본이 안 돼, 커서 뭐가 되려고…."

"왜 그랬니? 한심하다."

"무슨 애가 저래, 왜 그렇게 생겨먹었어!"

"이럴 바엔 차라리 없어져 버려."

"널 낳지 말아야 했는데."

"나가서 뒈져버려!"

"옆집 ○○좀 본받아라. 넌 이게 뭐니?"

"동생만도 못한 것 같으니라고."

"그럴 줄 알았어. 제대로 하는 게 없구나."

"네가 도대체 몇 살이니?"

"이 바보야!"

"시끄러워, 제발 엄마를 괴롭히지 마"


## 7. 마치는 말

청소년은 예비 사회인이자 미래 우리나라의 중요한 인력이기에 청소년 자살은 국가적 인적자원 손실의 가장 큰 비중을 차지한다. 그러기에 청소년 자살 예방은 무엇보다 중요하고 분명 예방할 수 있다. 진심으로 당부 드리고 싶은 말은 청소년들을 위해 우리 모두의 사랑과 관심으로 좀 더 가까이 다가서서 관찰하고 필요한 도움을 주었으면 한다. 적어도 청소년 관련 기관, 단체, 학부모님들은 그들의 고민과 자살징후에 대해 "설마……."하지 말고 한 발짝 다가서서 그들 내면의 소리에 귀 기울여 보았으면 한다. 혹시나 자살과 관련 되거나 우려가 된다면 망설이지 말고 학교 전문상담교사 및 자살예방전문 상담센터에 도움을 요청해야 한다. 특히 학교기관에서는 학교장, 교사와 학부모들에 대한 청소년자살예방교육을 선행해야 하고, 학생들에게는 생명 지킴이(Gate keeper) 교육이 필요하다. "생명은 소중합니다." 생명의 전화 창시자인 앨런 워커(Sir Alan woker)는 "온 천하보다도 귀한 것이 인간의 생명"이라고 하였다. 탈무드에서는 "이 세상 천하에 사람 생명을 구하는 것처럼 소중한 것은 없다"라고 하였다. 따라서 우리는 모두 늘 생명의 소중함과 우리 주변에 힘들어하는 청소년들에게 관심과 사랑으로 생명 지킴이로서 다 함께 했으면 한다.

〈참고문헌〉

– NECA원탁회의 청소년 사망원인 1위 자살, 가계 전문가가 바라보는 해결책은?
  (2012, NECA한국보건의료연구원)
– 자살예방교육 매뉴얼(2012. 중앙자살예방센터)
– TV조선 당신이 잠든 사이 '청소년 자살, 어른들은 모른다'(10.8일 방송분).
– safe TALK(보건복지부 자살 예방프로그램, 한국자살예방협회, 2012)
– 통계청, 여성 가족부(2012) '2012 청소년 통계'
– 통계청, 사회조사, 각 년도

# 동성애 병사 "그 간부만 보면 흥분돼요…"

(일요신문, 2011.10.30)

지난 10월 16일 광주에서는 한 장병이 숨진 채 발견됐다. 사인은 자살이었다. 김 아무개 일병은 외박을 나온 틈을 이용해 인근 학교 숙직실 앞에서 운동화 끈으로 자신의 목을 맸다. 아직 사건은 헌병대에서 조사 중이다. 자살원인은 밝혀지지 않았으나 병영생활 내 어떤 문제가 김 일병에게 영향을 미쳤을 것으로 관측되고 있다. 사실 군 장병들의 부적응과 자살문제는 어제 오늘의 일이 아니다. 상명하복의 억압된 병영문화와 요즘 세대들의 자유분방함은 지극히 상반된 성격이 아닐 수 없다. 장병들의 자살문제는 계속 반복되고 있지만 군 문화의 특성상 개선도 쉽지 않다. 최근 이러한 세태 속에서 한 전문상담가가 책 한 권을 펴내 눈길을 끌고 있다. '생명나눔자살예방센터' 정택수 팀장은 지난해 군 상담관으로 근무하며 겪은 부적응 장병들의 이야기를 책에 담았다. *당시 생명나눔자살예방센터(현재 한국자살예방센터 센터장)최근 발간된 '생명나눔자살예방센터' 정택수 팀장의 에세이집 〈이대론 군생활 못하겠어요〉는 지난해 군 상담관으로 근무한 1년간의 상담기록이다. 저자는 현장이 아니라면 들려줄 수 없는 부적응 장병들의 숨겨진 내면 이야기와 생생한 상담기를 그대로 담아냈다. 저자는 23년간 군 간부로 복무한 예비역 장교다. 늦은 나이에 대학원에서 상담학을 공부한 그는 제대 후에도 자신이 몸담았던 군을 떠날 수 없었다. 지난해 그는 장교가 아닌 군 상담관으로 다시금 군에 발을 들였다. 그가 군 생활 당시 겪었던 부적응 장병들에 대한 안타까운 심정에서다. 저자는 책 초반부부터 자신의 처참한 실패담을 고백한다. 그는 상담관으로 일하는 동안 안타깝게도 두 명의 장병을 잃었다. 두 병사 모두 이혼한 부모 밑에서 컸다는 불우한 가정사가 공통점이다. 사회에서 이미 트라우마를 입은 청년들이었던 것이다. 저자는 자신에게 상담을 받다 세상을 등진 두 장병들에 대한 당시를 회고한다. 전우에게 죽기 전 담담하게 유언을 남기고 떠난 A 일병. 그림솜씨가 일품이었지만 부대생활에 적응하지 못해 스스로 목을 맨 G 일병. 저자는 당시 병사들을 기억하며 담당 상담관으로서 느꼈던 죄책감과 후회, 그리고 안타까움을 소회한다. 저자가 만난 부적응 병사들에게는 여러 가지 사연이 있었다. 이들 중 상당수는 앞서 목숨을 잃은 두 병사와 마찬가지로 군 입대 전 겪었던 불우한 가정사 등 트라우마의 영향으로 병영생활에 부적응한 사례다. 특히 책에 기록된 H 이병의 사연은 독자들의 마음을 짠하게 한다. H 이병은 어린 시절 여동생의 자살을 막지 못했다는 죄책감으로 고통 받았다. 장례식 당시도 장남이기에 눈물을 머금었다고 한다. H 이병은 이로 인해 우울증과 불면증 등 군 생활에서 어려움을 겪고 있었다. 그는 평소 털어놓지 못했던 이야기를 저자에게 털어놓으며 눈물을 펑펑 쏟았다고 한다. 그런가 하면 '기수열외'로 고통을 받는 병사들의 이야기도 등장한다. 지난 7월 발생한 '해병대 총기난사' 사건의 주요원인은 '기수열외'였다. '기수열외'는 부대 내 특정 병사를 무시하는 병영 내 왕따 문화다. 사회에서도 왕따를 당해온 L 상병은 저자를 만나기 전, 부대 내에서도 어눌한 행동 탓에 왕따를 당했다. 그는 상병이 되고나서도 후임들에게 '물상병'으로 불렸다. 저자를 만나기 전 L 상병은 자살 직전까지 갔다고 한다. 군에서는 공식적으로 존재를 부인하고 있는 '기수열외'가 여전히 하나의 병폐로 남아있음을 알 수 있게 하는 대목이다. 부대 내 성관련 문제도 빼놓을 수 없는 부분이다. 저자가 상담한 사례 중에서는 이러한 성관련 문제로 고통 받고 있는 장병들의 사례가 적지 않다. N 이병은 선임의 노골적인 성추행으로 고통 받았다. 매일 밤, 잠자리에서 선임이 끌어안으며 심한 애정표현을 하는 터라 거부도 못하고 심적 고통을 겪어왔다. N 이병은 도저히 정상적인 군 생활을 할 수가 없었다. 동성애자인 K 이병은 부대 내 남성문화에 적응하지 못해 고통을 겪는가 하면 또 다른 동성애자 병사는 부대 내 간부에게 호감을 느껴 곧잘 흥분하는 탓에 어려움을 겪었다. 그동안 숨기기만 했던 병영 내 성문제와 아직 제대로 문제의식조차 성립되지 못한 동성애가 실제 큰 과제로 남아있음을 알 수 있다. 책에는 해외동포 병사들의 이야기도 담겨있다. 이들은 한국말도 서툴뿐더러 낯선 사회에서 겪는 소외감 때문에 많은 고통을 받고 있었다. 저자가 상담한 미영주권자 M 이병은 32세의 늦은 나이에 입대한 병사였다. 그는 미국에 세 살배기 딸과 아내를 두고 있는 가장이었다. 홀로 타지에서 그것도 어린 선임들을 상대로 군 생활을 하려니 여간 쉽지가 않았다. 게다가 평소 겪던 공황장애와 우울증은 그의 발목을 잡았다. 다행히 M 이병은 저자의 상담과 부대의 배려 속에 정상적인 궤도로 복귀할 수 있었다. 지금도 많은 동포 청년들이 조국을 위해 군복무를 고민하고 있다는 점에서 이들에 대한 배려와 관심이 필요하다고 보이는 대목이다. 이 외에도 책에는 '집총거부' ' 애인의 변절' 등 다양한 이유로 자살충동과 부적응을 겪은 장병들의 사례가 빼곡히 담겨있다. 아마도 군대를 제대한 독자들은 책장을 넘기다 몇 번씩 무릎을 탁 치게 될 것이다. 군대를 가지 않은 독자들도 저자의 생생한 상담수기

속에 담긴 요즘 청년들의 고민에 대해 한 번쯤 귀 기울여 보는 것도 괜찮을 듯

싶다. [한병관 기자 wlimodu@ilyo.co.kr]


저자 정택수 팀장 미니인터뷰

## "고통받는 병사들에 지푸라기 돼주고파"

기자는 10월 26일 저자 정택수 팀장을 만나 책 발간

동기와 뒷얘기를 들어봤다.

― 왜 제대 후 군 상담관을 지원했나.

▲ 군대는 내가 23년간 몸담았던 곳이다. 복무 중

군생활에 적응 못해 목숨을 끊는 장병들을 지켜봤

다. 조금만 도와줬으면 살 수 있었을 텐데 하는 안

타까운 마음이 많았다. 제대 전부터 심리학을 공부하며 군 상담관을 준비했다.

― 책은 어떻게 집필하게 됐나.

▲ 지난해 상담관으로 일하면서 6~7권의 수기를 남겼다. 원래 기록하는 것을

좋아한다. 책은 내가 남긴 수기 중 특별한 사례를 추린 것이다. 나의 상담사례

가 군에 귀감이 됐으면 한다.

― 군 상담관 근무 당시 힘들었던 점과 보람된 점은.

▲ 역시 2명의 장병이 스스로 목숨을 끊은 일이 제일 마음 아팠다. 후회와 죄책

감 때문에 잠도 못 잤다. 해머로 맞은 기분이었다. 반면 나의 상담과 사회성 훈

련을 통해 변화된 장병들의 모습을 보면 무척 뿌듯했다. 가장 약자인 장병들의

생명을 살린다는 것은 매우 보람된 일이었다. 지금까지 연락이 오는 장병들이 많다.

**— 군에 바라는 점은.**

▲ 자살충동을 느끼는 장병들은 전문 상담가들의 도움을 통해 변화가 가능하다. 현재 군 상담관 제도는 미흡하다. 상주하는 군 상담관이 장기간 근무할 수 있는 여건을 마련해 부적응 장병들을 돌봐줘야 한다.

## 청소년 자살 예방을 위한 생명존중 교육 확대 필요

(뉴스포스트 2013. 7. 2.)

대한민국은 OECD 국가 중 8년 연속 자살률 1위라는 수치스러운 순위를 기록하고 있다. '자살 공화국'이라는 오명을 쓴 지도 오래다. 우리나라의 자살률은 10만 명당 31.7명으로 OECD 평균 자살률 10만 명당 11.2명 비해 거의 3배에 육박한다.

자살은 자기 생명의 단절을 초래하는 것이다. 또한, 가족과 주변 사람들에게는 자살자에 대한 죄책감, 수치심, 분노 같은 심리적 외상을 받는다. 더욱이 주위에는 자살자 가족(자살유가족)이라는 사회적 낙인을 남기며 모방 자살의 원인이 되기도 한다. 특히 방어나 조절이 성숙하지 못한 청소년들에게는 성인보다 더 심리적 영향이 클 뿐 아니라, 모방 자살 가능성도 매우 높은 것으로 알려져 있다. 최근 우리나라의 청소년 자살률은 최근 10년간 꾸준히 증가 추세를 나타내고 있다. 2012년 통계에서 10만 명당 청소년 사망원인 중 1위가 자살로 밝혀졌으며, 청소년의 8.8%가 자살 충동을 경험했고 그중 37.8%가 성적과 진학 문제, 17%가 경제적 어려움 12.7%가 외로움과 고독의 문제로 자살 충동 경험을 한 것으로 나타나 학교 및 관련 기관의 적극적인 예방대책의 하나로 대두되고 있다.

## 청소년의 심리문제 교사나 학부모도 잘 몰라

정택수 한국자살예방센터 소장은 한국 사회에서 바이러스처럼 번져가고 있는 청소년 자살은 맞벌이 부부, 핵가족, 가정불화, 왕따 등 급속한 경제 발전의 몸살처럼 발생하는 "사회적 병리 현상"이라며, "특히 청소년 자살은 그 어떤 계층보다 심각하고 위험한 상황으로 학생이나 자녀의 입장을 교사나 부모가 많이 아는 것처럼 보이지만, 사실은 너무나 모르고 있다"라고 전하면서 "자살하려고 하는 이들에게서는 일종의 공통된 '징후'가 있으므로 이를 일찍 알아차린다면 자살은 반드시 예방할 수 있다"라고 강조한다.

▲부모 몰래 약을 사 모으거나 위험한 물건을 감춘 것이 발견될 때 ▲자해나 자살시도 등 죽음과 관련된 행동을 하겠다고 위협하거나 자살사이트에 심취할 때 ▲중요한 소유물(일기장, 노트, 메모지)을 남에게 주거나 주변을 정리할 때 ▲혼자 외롭게 행동하며 자신의 좌절, 실패, 불행에 대해 대화를 회피하고 절망감

을 표할 때 ▲평소와 다르거나 이해할 수 없을 정도로 심한 폭력이나 반항적인 행동을 보일 때 ▲오랫동안 불안정하고 침울하던 사람이 뚜렷한 이유 없이 갑작스럽게 평화로워 보이며, 즐거워하는 태도 변화를 보일 때 등의 모습을 보인다면 자살 가능성을 의심해 봐야 한다고 지적했다.

## 청소년 자살, 어떻게 예방할 것인가?

정택수 센터장은 지난 6월 22일 한국외대에서 개최된 한국철학상담치료학회 학술대회에서 "청소년 자살, 어떻게 예방할 것인가?"에 대해 논문을 발제하였다. 주요 강조한 내용은 최근 5년 동안 청소년 자살은 743명으로 이는 사흘에 한 명꼴로 극단적인 선택을 하며, 이들 자살사망의 주요 원인은 가정불화, 학업 및 진로문제이다.

청소년 자살의 위험요인으로는 우울과 무망감(hopelessness)이며, 자살시도 청소년의 66%가 우울증으로 조사되었다(청소년보호위원회). 게다가 청소년들의 낮은 자아존중감, 학교문제, 가정문제를 들었다. 이러한 청소년들의 자살을 예방하기 위해서는 가족, 친구 등 사회적 지지(Social support)가 매우 중요하며, 자기 자신을 가치 있는 인간으로 여기고 존중하는 자기 존중감이 중요하다. 그리고 자살의 징후를 통해 자살을 예방하는 활동이 필요하다. 연구에 의하면 자살자의 80% 이상이 자살하기 前 자살 징후를 보인다고 한다. 따라서 우리는 모두 주변에 자살하려는 징후를 발견하고 식별하여 전문가에게 의뢰해야 한다. 즉, 생명 지킴이(Gate keeper) 역할이 되어 청소년들에게 더욱 많은 관심과 사랑이 절실히 필요하다고 토로했다.

## 청소년 자살 예방을 위한 생명 지킴이 양성 교육 시급

청소년들에게 생명존중의식을 고취하고 우리나라의 자살률을 낮추는 데 총력을 기울이고 있는 자살 예방 전문가인 정택수 한국자살예방센터장은 "이미 자살한 사람도 결코 죽고 싶어 했던 것은 아니며, 지금 죽고 싶어 하는 사람도 실제로는 죽고 싶은 마음은 없다. 오히려 그들의 마음속에는 삶에 대한 강한 애착이 있었다."라고 말한다. 특히 삶의 의지를 포기하기 전에 상담을 통해 지친 마음을 달래고 그들의 아픔을 이해하며 잘 들어주고, 조금만 그들의 관점에서 공감해 준다면, 극단의 선택을 막고 새로운 인생을 시작할 수 있다고 언급하면서, 현재 일본의 경우 자살 예방 민간센터는 전국에 약 600여 개이며, 자살예방전문상담사 약 7500여 명이 면담과 전화, 인터넷을 통한 상담과 소방관, 경찰관도 자살예방교육을 받으면서 연간 10% 정도의 자살률의 감소를 보이고 있다.

한국자살예방센터 정택수 소장은 청소년들에게 더욱 많은 관심과 사랑이 필요하다고 말한다.

따라서 우리나라도 누구나 교육을 받을 수 있는 생명지킴이(Gate keeper)양성 교육이 시급한 실정이며, 이를 통해 우리 주변에 조금만 더 관심을 가지고 자살 위험자들을 발견하고 식별하여 전문가에게 연결해 주는 역할이 필요하다고 강조했다.

## "하나뿐인 소중한 생명, 소중한 나"

(국방일보 2019. 9.5.)

필자가 강연 때 늘 강조하는 문장이다. 2009년, 24년 군 생활을 마감하고 소령으로 전역해 현재 오직 생명의 소중함을 위한 사명감으로 자살예방활동에 헌신하고 있다. 한국자살예방센터(www.자살예방.com)에서는 자살위기 상담 전화, 홈페이지에서 사이버 상담, 면접 상담을 무료로 진행하고 있다. 또 학교·군부대·기업체·관공서 등에서 생명존중 자살 예방 강연을 한다.

최근 들어 육군에서 펼치는 생명존중문화 확산을 위한 캠페인 등 추진과제와 행동실천계획을 국군방송을 통해 본 후 추가로 전문적 조언을 하고 싶어 펜을 들었다. 한마디로 자살은 예방해야 한다.

누구나 하나뿐인 소중한 생명을 잃어서는 안 된다.

'자살을 왜 예방해야 하는가?'라고 묻는다면 가장 불행한 죽음이요, 남겨진 사람들에게 크나큰 마음의 상처가 되기 때문이라고 답한다. 육군 생명존중문화 확산을 위해 몇 가지 제언하고자 한다. 첫째 군부대 실정에 맞는 맞춤식 교관 양성이다. 현재 보고 듣고 말하기 프로그램도 좋지만, 반복해서 교육하다 보면 장병들이 식상할 수 있다. 따라서 군부대 장병에게 맞는 프로그램 전문교육을 도입해 전문교관을 양성하는 것이 필요하다.

둘째로 부대장부터 말단 이등병까지 생명의 소중함을 인식하고 동참해야 한다. 우리는 모두 자살예방지킴이·생명 지킴이가 되어야 한다. 군에 근무하는 모든 분이 생명 지킴이 교육을 받아야 한다. 자살자는 분명히 자살 직전에 93% 자살 징후를 보인다. 그런데 81%의 가족, 주변 지인들은 전혀 몰랐다.(출처: 2015, 중앙자살예방센터 자료). 따라서 장병 가족까지 생명존중문화를 확산시켜 용사 휴가지 부모에게 가정통신문을 발송해 아들이 휴가 중 특별 징후가 있는지 더욱 관심을 두고 부대와 연계해 관리해야 한다.

필자는 계급별 자살사망자에 대한 분석(심리 부검)을 해본 경험이 있다. 중요한 사실은 자살을 구체적으로 계획·실행한다는 말을 동기에게 한다는 사실이다. 실제 청소년들도 대부분 가장 친한 친구에게 고민을 말한다. 따라서 또래 상담 병 게이트키퍼 교육도 중요하다. 다음으로 휴가 중 복귀하는 날 자살로 사망하는 경우가 많았다. 따라서 가정과 연계한 생명존중 실천 행동이 중요하다.

간부들은 자살할 정도로 힘든 사연을 누군가에게 말하지 않는 경우가 많았다. 왜냐하면, 신변 노출, 군 생활 및 진급에 영향이 있음을 알기에 상담받기를 꺼린다. 간부 상담을 어떻게 할 것인가에 더욱 관심을 가져야 한다. 군부대별 지역 전문 기관과 연계해 전문 상담을 받는 방법도 검토해야 한다.

살아 있는 한 희망은 필히 있게 마련이다

• • •

요즘 코로나로 인해 심리적으로 힘겨운 시기입니다. 코로나블루 (우울증), 코로나레드(화병), 코로나블랙(절망)으로 삶을 포기하고 싶은 사람들도 있습니다. 코로나 이전에도 대한민국은 OECD 국가에서 자살률 1위로, 불명예스러운 나라였습니다. 2019년 하루 38명이 자살, 1년에 13,799명이 자살하고 있는 대한민국의 현실입니다.

11년간 자살 위기 상담과 생명존중 자살 예방 교육을 해오면서 자살 관련 질문들에 대해 전문가 답변을 알기 쉽게 정리하여 학교 선생님이나 상담교사, 자녀가 있는 부모님들에게 많은 도움을 주고 있습니다. 자살 위기 상담 사례도 현장 중심으로 알기 쉽게 상담기법을 제시했습니다.

요즘 코로나로 인해 가장 힘든 시기를 버티기만 해도 잘하는 겁니다. 57년을 살아오면서 정말 배고프고 힘겨웠던 시절도 있었고, 고학하면서 힘겨운 나날들, 군 생활 24년간의 고된 훈련을 마치고 이제는 인생의 2막에서 삶이 힘겨운 많은 사람을 만나면서, 너무 안타깝고 안쓰러운 적이 많았습니다. 무료로 상담을 해주고 적은 돈이지만 도움을 드리며 삶의 보람을 느끼고 있습니다.

인생이 무엇이냐고 물으신다면? "우린 더 치열하게, 더 민망하게, 더 냉혹함에도 견뎌야 한다. 그게 인생이다."라고 말해주고 싶습니다. 삶이란 늘 좋은 것들만 있는 것이 아니기에 때론 치열하고, 때로는 민망하게 느낄 정도로 부끄러움을 감내해야 하고, 이기적이고 계산적인 세상에 살아가야 합니다.

이 책이 단 한 명에게라도 희망의 불쏘시개가 되어 다시 일어날 수 있는 희망이 되었으면 합니다. "이 또한 지나가리라" 어려움은 지나갑니다. 인생은 동굴이 아니라 터널입니다. 인생은 막히지 않고 언젠가 터널이 되어 빠져나옵니다. 그럼에도 불구하고 다시 한

번 해 보는 겁니다.

　살아 있음에 감사하고, 살아가면서 행복을 발견할 수 있기를 바랍니다.


　"살아 있는 한 희망은 필히 있게 마련입니다."


　이 책은 나 자신부터 "잘 살자."

　이왕 태어난 거 스스로 극단적 선택을 하지 말고,

　그냥 잘 살았으면 좋겠다는 마음을 담았다.


　"엄마도 아빠도 잘 살고 있지? 괜찮은 거지?"


　"울 아들, 딸, 손자, 손녀 잘 살고 있지? 괜찮아? 힘든 거 없어?"